LA

HABANERA

COMÉDIE EN PROSE

PAR

LOUIS-FRÉDÉRIC DE BONNIN

LA HABANERA

COMÉDIE EN PROSE

IMPRIMERIE CHAIX, RUE BERGÈRE, 20, PARIS. — 20880-10-94. — (Encre Lorilleux).

LA

HABANERA

COMÉDIE EN PROSE

EN QUATRE ACTES ET SIX TABLEAUX

PAR

LOUIS-FRÉDÉRIC DE BONNIN

---

20 OCTOBRE

PERSONNAGES

RENÉ D'ÉRYL, lieutenant de vaisseau.
LE COMTE DE QUILIEN, ancien colonel.
DON GREGORIO DE MEDILLA.
LE MARQUIS DE CAPDEVILA.
LE BARON SAMUEL.
AUBRAY, directeur du *Hurlement*.
POLIGNY, peintre.
MAC-DOWELL.
RODANI.
LE VICOMTE DE VERTBOIS.
LE COMTE DE SAINT-OMER.
DE BOCAREL.
UN DÉPUTÉ.
LE COMTE DE CADENABBIA.
LE DOCTEUR.
UN NOTAIRE de la Havane.
UN CLERC DE NOTAIRE à Paris
UN MAITRE D'HOTEL.
UN MATELOT, valet de chambre.
UN SERENO ou garde de nuit.

HELEN BRISTED.
LA COMTESSE LUISITA DE MEDILLA.
FLORA WALGRAVE.
MISS EDITH MERTON.
NIEVISITA, quarteronne.
LUCRECIA, femme de couleur.
JACINTA, femme de couleur.
MADAME DE MORDILLAC.
MADAME DE BOCAREL.
MISS SIMERY.
LA DUCHESSE D'AIGUES-MORTES.
LA MARQUISE DE SAN-LUCAR.

GENS DE COULEUR, INVITÉS,
VALETS DE CHAMBRE ET DE PIED, FEMMES DE CHAMBRE.

LA HABANERA

ACTE PREMIER

Premier Tableau.

Maison pauvre à la Havane. Par une large fenêtre on distingue des bananiers et des palmiers. Le jour commence à poindre.

SCÈNE PREMIÈRE

DON GREGORIO DE MEDILLA, rentrant une lanterne à la main, les habits en désordre. Il va prendre un flacon de rhum, un verre, se verse et boit. Puis il marche à une table, ouvre le tiroir et jette dedans les billets et les poignées d'or qu'il tire de ses poches.

Don Gregorio, tu cesseras de jouer dès que tu recueilleras ton héritage ; ta propre expérience t'a prouvé cette nuit combien la pauvreté sait rendre les gens ingénieux ! Quelques onces d'or aux combats de coqs, et ce sera tout ! (Bâillant et se détirant.) On ne quittera l'amontillado que pour le champagne, et le champagne que pour les senoritas aux gracieux sourires. Quant à Helen, il y a longtemps que j'aurai, je l'espère, rompu ma chaîne.

Il éteint la lanterne, se jette sur un divan et ferme les yeux.
Le jour se fait de plus en plus.

1

SCÈNE II

DON GREGORIO, HELEN BRISTED, sortant de sa chambre.

HELEN.

Encore toute cette nuit dehors... Aucun souci de mes chagrins! En quel état va-t-il rentrer? (Elle le voit étendu.) Ah! lui! Pas même la force de se traîner à son lit.

GREGORIO, se relevant à demi.

J'ai le sang trop échauffé. Mes yeux se rouvrent malgré moi! (Voyant Helen.) C'est toi? Allons, pleure, fais-moi ta scène!

HELEN, se contenant.

Je t'en prie, mon ami, ne te fâche pas d'avance.

GREGORIO, rudement.

Commence par me traiter de furieux, quand tu vas tout faire pour m'exaspérer!

HELEN, à genoux.

Mon cher Gregorio, je ne veux pas te déplaire. Embrasse ta petite Helen. Laisse-la te soigner. Je vais t'apporter ton chocolat et tu te reposeras jusqu'à la collation.

GREGORIO.

A la bonne heure, te voilà raisonnable. Je n'ai besoin que d'un verre d'eau fraîche.

Elle s'empresse d'aller chercher l'eau qu'il boit avidement, puis il pose distraitement un baiser sur le front d'Helen.

HELEN.

Merci, mon seigneur, pour ce doux bonjour. J'en suis satisfaite, car si tu venais de tromper ton amie, tu n'aurais pas le cœur de l'embrasser si gentiment.

GREGORIO.

Bon, maintenant, l'article de la jalousie!... Voyons, n'est-ce pas pour toi que je m'exténue toute la nuit à combattre le mauvais sort?

HELEN.

Oui, le mauvais sort! Nous n'avons plus rien ici. Le crédit d'abord est parti, puis les chevaux, les bijoux, les meubles...

GREGORIO.

Assez de tes navrantes énumérations! Tout reviendra, tout est revenu déjà! Tiens! nous sommes à l'aise... (Il va à la table et montre l'argent. Helen reste soucieuse.) Eh bien! figure de carême, ne peux-tu te dérider? Le reflet de cet or te donne-t-il la fièvre jaune?

HELEN.

Il n'est pas ici pour longtemps. Demain, sans doute, il ira servir d'autres maîtres.

GREGORIO.

Femme de malheur! Comment veux-tu que la fortune songe à s'installer chez une revêche de ta sorte?

HELEN.

Tu as l'âme trop haute, toi! Saurais-tu lutter de ruses contre ces Caraïbes qui dévalisent les généreux comme toi? Et, crois-le, malgré toutes les privations, je t'aime bien mieux ainsi.

GREGORIO, ricanant.

Ah! ah! Tu auras à m'aimer autrement, à profiter des dépouilles de ces éperviers tellement plus forts que ton pigeon de serviteur! Quand tu me verras perdre désormais, c'est que la Croix-du-Sud brillera dans le plein soleil des Antilles!

HELEN.

Tu me fais peur, Gregorio! Comment es-tu devenu si sûr de ton jeu?

GREGORIO.

Me soupçonner, moi ! Voilà du nouveau, pour t'achever! Ne peux-tu donc rester supportable un instant ?

HELEN, prenant sur elle après une hésitation.

Je n'ai rien voulu dire. Écoute : Ton oncle a trop fait de toi son enfant gâté, tant qu'il ne fut pas devenu tout à coup avare et grondeur. Essaie donc de vivre comme tu me le faisais espérer, de travailler noblement... Abandonne ce jeu fatal qui te dévore et t'entraîne à tous les excès sous un ciel meurtrier... Pourquoi ne pas te réconcilier avec don Antonio ? Nous nous verrions moins souvent — en secret. — Ton oncle t'emploierait à son ingenio, ou bien à la Havane même.

GREGORIO, ironique.

C'est tentant ! Don Gregorio de Medilla sous la férule ! Commis avec de l'encre aux doigts... et sa promenade du dimanche !... Les amis riraient et me traiteraient de « petit blanc ». Les Galiciens eux-mêmes me donneraient la main ! Plutôt charger des ballots sur le port, puisqu'on ne peut plus être boucanier et que le métier de guerillero a été prostitué !

HELEN, souriant.

Que d'amour-propre ! Moi, j'aide bien Lucrecia, notre bonne mulâtresse, à faire la cuisine pour le maître ! Suis-je honteuse que l'on me rencontre au marché, le panier sous le bras ?

GREGORIO.

Tu n'es pas Espagnole, toi ! Et d'ailleurs, c'est à moi que tu fais honte !

HELEN.

En effet, je suis créole de la Louisiane et je ne me sens humiliée que devant les gens dont je me soucie... Mais, chez nous du moins, tu ne me reprocheras pas de m'occuper du ménage et tu seras content tout à l'heure de réparer tes forces.

GREGORIO, allumant une cigarette et s'étendant de nouveau sur le divan.

La meilleure des sauces est la faim, et j'ai faim à présent.

Helen sort par une porte intérieure.

SCÈNE III

DON GREGORIO, NIEVISITA, quarteronne, paraissant sur le seuil, fleurs aux cheveux, cigarette à la bouche.

NIEVISITA, chantant.

« De deux baisers j'ai souvenir :
Du dernier baiser de ma mère
Puis du premier qu'en doux mystère,
A prendre, tu sus parvenir !... »

(Parlé.) Bonjour, ou plutôt bonsoir, don Gregorio ! Tu vas te coucher, je suppose, et tu feras bien ; car dans ton sommeil tu seras peut-être plus fortuné !

GREGORIO.

Insolente créature ! Qui te rend si hardie que de me relancer jusque chez moi ?...

NIEVISITA.

Quand je t'ai prié, l'autre soir, de sortir de ma demeure ? Hé, mon cher cœur, il faut bien vivre et ce n'est pas toi désormais qui pourrais me mettre sous la dent ne fût-ce qu'un quartier de pastèque! Quand la gêne entre par la porte, l'amour se sauve par la fenêtre.

GREGORIO.

Alors que fais-tu sur mon seuil? Ma femme est là. — Va-t'en, fille de proie!

NIEVISITA.

As-tu si grand peur de celle que tu nommes ta femme? Elle n'a pas plus de droits sur toi que l'incomparable Nievisita. — Ses yeux ne sont pas des astres auprès des miens... Adieu, coq à une poule! Noble hidalgo qui te pavanes à côté de jupons en loques, un pied chaussé, et l'autre pas!...

GREGORIO.

Ah! prends garde et décampe!

NIEVISITA.

J'obéis.

Elle chante.

« J'étais tant coquette aux dimanches!
Adieu foulard, adieu madras!
Et colliers d'or, et perles blanches,
Doux amant, plus ne reviendras! »

Elle rit à gorge déployée.

(Parlé.) C'est dommage! car j'avais, moi, un regain de caprice pour le beau Medilla... En le chassant, j'avais chassé mon bonheur!

GREGORIO.

Tu veux me mettre en rage, hypocrite!

NIEVISITA.

Pourquoi mentirais-je? A toi qui n'es qu'un pauvre sire? Le tendre roseau que je figure assez bien en me balançant

sur mes hanches, a pu se courber de nouveau sous une
brise amoureuse...

GREGORIO, sèchement.

Calme plat aujourd'hui ! Pas un souffle dans l'air !

NIEVISITA, avec un soupir.

Oui-dà ! Me voilà tranquille de ton côté. — Bonne chance
avec ton Helen ! Pour moi, je vais placer plus loin mes ins-
tincts galants... Le colonel don Paco Guerra me recevra
mieux que toi !

GREGORIO.

Don Paco, l'officier espagnol, ce fat ! Tu ne te jetteras pas
à son cou, par les mille diables ?

NIEVISITA.

D'aventure ! Quand le sereno chantera dans un instant sa
dernière heure de veillée, mon cher, pense à nous deux
en même temps, car nous serons fort près l'un de l'autre.

GREGORIO.

Démon !... Je t'en conjure, Nievisita, pas celui-là, qui te
raillait devant moi, que je voulais tuer pour toi...

NIEVISITA.

Celui-là même, et pas d'autre ! Et quelle joie !

GREGORIO.

Non, non, je te suis ! Allons chez toi.

NIEVISITA.

Trop tard ! Tu t'es fait prier. Pendant ce temps, toutes
mes bonnes volontés se sont envolées comme une bande de
perruches. (Avec grand sérieux.) Au reste, le Guerra est riche et
je vais faire mon métier.

GREGORIO.

Riche et non pas généreux, tandis que moi... (Il va au tiroir et prend à pleines mains l'or et les billets qu'il remet dans ses poches.) Voici de quoi vivre gaîment quelques jours... Ensuite !... Eh bien, je t'en rapporterai.

NIEVISITA; à part.

Allons donc ! On m'avait bien renseignée !... (A Gregorio.) Tu es un habile homme ! Je ne m'en doutais pas, au moins ! Mais je ne peux vivre sans toi, vois-tu ! Que tu sois riche ou pauvre, toi, je t'adore !... Fuyons avant qu'elle se réveille ! (Revenant regarder et fouiller dans le tiroir.) Tu n'as rien oublié là-dedans ? Quelles félicités nous allons goûter, mon ami !

GREGORIO.

Décampons !

SCÈNE IV

LES MÊMES, HELEN, entrée et écoutant depuis quelques instants.
Elle se jette entre eux.

HELEN, du ton le plus irrité.

Gregorio !

NIEVISITA, railleuse.

Ah ! ah ! scène de ménage, je me sauve. A tout à l'heure, si tu es un homme !

Elle sort.

SCÈNE V

HELEN, GREGORIO.

HELEN, se calmant à grand'peine et joignant les mains.

C'est bien lâche ce que je fais ! Hélas ! Je n'ai plus que toi dans le monde entier ! Tu m'as trompée avec celle-ci, avec bien d'autres... Du moins, tu ne m'avais pas encore fait pareil affront dans notre demeure. — Après ce que j'ai vu, tu n'iras pas courir après elle ?

GREGORIO.

J'agirai comme il me plaira ! Suis-je ton prisonnier après tout ?

HELEN.

Tu es libre, je le sais bien. Je ne suis pas ta femme. A cause de ton oncle, et dans notre intérêt à tous deux, m'as-tu dit, tu remets sans cesse notre mariage. M'en suis-je jamais plainte comme j'en avais le droit ? Tant que je t'avais près de moi, je m'efforçais d'être heureuse, ou de le paraître. Ne m'as-tu pas vue toujours souriante à tes ordres, dévouée dans toutes les fortunes ? Rends-moi justice ! Tu te souviens comme j'ai quitté les miens à ton appel, et comme ils m'ont maudite sans retour. Ma mère me chérissait tant. Elle était pleine de sombres préventions contre toi... Ne lui donne pas raison !

GREGORIO.

Hé ! Qu'elle ait cent fois raison ! Je m'en moque comme de ceci !

Il jette à terre un vase rempli de fleurs qui se brise.

1.

HELEN, se redressant.

Ce n'est pas ainsi que tu me parlais jadis. Tu me menaçais de te tuer pour me décider à te suivre !

GREGORIO.

N'aurais-tu pas suivi tout autre ? C'était dans ta nature de te faire enlever. Tu te souciais bien de ta mère puisque tu l'as plantée là !

HELEN.

Peux-tu me meurtrir ainsi ? méconnaître à ce point les trésors d'innocence et d'amour que j'ai jetés dans tes bras ? Je veux bien te le redire, tu as été mon seul rêve ! Les autres hommes m'étaient indifférents. C'est toi qui m'as fait tout oublier — à moi dont la réputation était sans tache à la Nouvelle-Orléans. Tu le savais bien quand tu jurais de faire de moi ta compagne éternelle. C'est trop d'humiliation à la fin ! Ma fierté d'Américaine se révolte !

GREGORIO.

Là, là, ne te fâche pas ! A force de m'accuser...

HELEN.

Je ne veux pas t'accuser, je m'adresse à ton cœur. Cette heure est décisive. Ton sang de créole te rend parfois vif et léger, Gregorio. Mais tu es juste, au fond de l'âme, et tu m'aimes. Tu ne peux oublier nos heures si pleines de délicieuses tendresses...

Elle se pend à son cou.

LE SERENO passe sous les fenêtres en chantant, tandis que paraît le soleil.

« *Ave Maria,*
Purissima,
La sixième heure est sonnée,
Nous aurons belle journée ! »

GREGORIO.

Damnation ! Et l'autre ? (Il se verse et boit un grand verre de rhum.) Assez parlé, j'ai affaire dehors.

HELEN, se jetant devant la porte.

Tu ne passeras pas ! Avec quoi vivrons-nous demain ? Où trouverai-je à manger, moi, tandis que tu festoieras avec ta Nievisita ?

GREGORIO, buvant encore.

Fais comme elle ! Tu peux être tentante pour ceux qui ne te connaissent pas tant que moi ! Chante, souris, vends des fleurs... et le reste !... Gagne ta vie. On vaut autant que l'on possède. J'ai traîné suffisamment le boulet. Cette existence m'assomme... Range-toi, te dis-je ! Adieu !

Il la pousse et la fait tomber à terre, puis s'élance dehors.

HELEN.

Misérable !

SCÈNE VI

HELEN, seule. Elle se relève.

Mon Dieu ! tout s'écroule ! Perdue ! perdue !

SCÈNE VII

HELEN, FLORA WALGRAVE, LUCRECIA.

FLORA, qui vient d'entrer.

Qu'y a-t-il céans, voisine ? Une dispute encore ? J'ai vu bondir don Gregorio comme un chat-tigre.

LUCRECIA.

Pauvre maîtresse !

HELEN.

Savez-vous ce qu'il m'a dit ? Il m'a conseillé de devenir
une fille ! Oh ! (Se tordant les mains.) Je me jetterai ce soir à la
mer... Je suis si peu de chose... A peine entendra-t-on une
légère plainte... Un pauvre être sera de moins sur la terre...
Les flots auront vite étouffé mon chagrin et lavé ma honte.

Elle pleure.

FLORA, lui prenant les mains.

Folle ! folle petite compatriote ! Vous voilà comme j'étais
il y a dix ans. Suis-je morte de mon premier chagrin
d'amour ?

HELEN, se dégageant.

Laissez-moi. Je ne sais pas comment vous vous en êtes
tirée ; vous ; mais Helen Bristed ne fera pas comme les
autres.

FLORA.

Ah bah ! Helen Bristed ira-t-elle donner à ce forban la
joie de le débarrasser d'elle ? Vengez-vous ! Que de galants
s'offriront à cette œuvre ! Et vous verrez comme c'est doux
de dominer à son tour les hommes... de les voir ramper à
ses pieds.

HELEN.

Vous me faites horreur !

FLORA.

Eh petite, je ne vous propose pas de décrocher votre
guitare et d'aller chanter en tendant la main. C'est bon pour
les Nievisitás, cela. Nous autres, femmes des États-Unis,
est-ce que ces Espagnols sont dignes de dénouer les cordons

de nos souliers ? Venez avec moi d'abord, quittez cette maison funeste. Je vous mène dans un joli nid où se replieront
vos ailes fatiguées !

LUCRECIA.

Lucrecia suivra maîtresse partout et saura bien lui trouver
à manger...

HELEN.

Laissez-moi, vous dis-je ! je veux rester ici.

FLORA.

Pour courir vous noyer dès que j'aurai les talons tour-
nés ? Vous seriez laide à ramasser sur la plage, vous belle
comme une fée ! Quant à Medilla, il ne reviendra pas de si
tôt. Il serait trop honteux de vous revoir et ne vous par-
donnerait pas son infâme conduite — à moins toutefois que
je ne m'en mêle — et que je ne me mette en ses bonnes
grâces pour vous le ramener en temps et lieux. — Vous
auriez peut-être à vous en louer un jour — après l'oncle !

HELEN.

Ce sont là d'odieux calculs. — Entre cet homme et moi,
tout est bien fini.

FLORA.

Suivez-moi donc et n'ayez pas peur, mon cher petit lys,
on ne vous cueillera pas sans votre permission. Je suis une
femme fort respectable, ayant réussi dans mes affaires. Si
vous n'avez pas d'autre ambition que de pleurer vos
malheurs, je vous ferai travailler pour nos élégantes. Ce
n'est pas vous qui porterez les riches toilettes... mais que
vous importe ? Je veillerai sur vous comme une sœur, vous
ne serez plus seule, jour et nuit, ou bien vous épuisant
dans des scènes cruelles.

HELEN, défaillant.

Flora ! je n'en puis plus ! J'ai si froid ! Ce sont ces terribles fièvres qui me prennent. Tant mieux, puissent-elles
m'enlever bientôt !

Elle tombe sur un divan. Flora et Lucrecia s'empressent.

Deuxième Tableau.

Dans une riche estancia, aux portes de la Havane.

SCÈNE PREMIÈRE

DON GREGORIO entre en habit de cheval, soutenu par des nègres.
FLORA WALGRAVE est arrivée derrière lui et se tient à
l'écart.

GREGORIO.

Doucement, brutes que vous êtes ! Vous me secouez
comme un sac de café ! (On le couche avec précaution sur un divan.)
Encore désarçonné de mon cheval favori, et pour rien, pour
un simple écart ! Ces vertiges m'affaiblissent la tête. (A une
femme de couleur.) Jacinta, du rhum ! (La multâresse ne bouge pas.)
M'entends-tu ?

JACINTA.

Maître, depuis la dernière visite du docteur, on ne doit
plus vous apporter de rhum.

GREGORIO, furieux.

Ah! ça, suis-je le maître ici? Croyez-vous toujours être à mon oncle? Il n'est plus permis de vous battre, mais je vous chasserai tous!... (Aux nègres.) Sortez! et que Jacinta m'obéisse à l'instant... (Les nègres sortent. Jacinta donne la bouteille et un verre. Gregorio boit à grandes gorgées.) Flora Walgrave est-elle là?... Dis-lui que je l'attends... (Se croyant seul et passant la main sur son front.) Ah! que je souffre! (A demi voix, ricanant.) Don Antonio, mon oncle, est tombé de cheval, lui aussi... mais il ne s'est jamais relevé...

FLORA, à part.

Je crains qu'il ne nous trahisse, à la fin, et qu'il ne parle à tous venants.

GREGORIO, tout haut.

Qui donc a vu la scène? L'intendant?... De loin! Et depuis longtemps il est embarqué, celui-là... Je l'ai fait riche à mille lieues d'ici. J'ai soif! toujours soif!

Il se verse un nouveau verre.

FLORA, haut, s'avançant.

Don Gregorio, vous criez trop, vous buvez trop, vous n'êtes pas raisonnable!

GREGORIO, montrant son verre et buvant.

Bah! c'est le dernier... Je n'ai pas envie de divorcer sitôt avec mes richesses. (Comme en hallucination.) Eh bien! que m'arrive-t-il? Pourquoi donc le sang me coule-t-il plein la figure et les mains? (Il s'essuie avec son mouchoir.) Rien, c'est étrange! (A Flora.) N'avez-vous pas reçu de message? Helen a-t-elle enfin répondu?

FLORA.

Non, don Gregorio.

GREGORIO.

A quoi m'a servi de vous laisser venir, sinon à me souf-
fler des conseils d'enfer? Pourquoi cet air de triomphe?
Qui vous a dit que je les avais suivis, ces conseils?

FLORA.

Vous eussiez mieux fait de vous y tenir et de ne pas hâter
imprudemment les choses.

GREGORIO.

Cela ne regarde que moi. Quant à Helen, vous ne lui
avez pas écrit, menteuse! Est-ce que je ne la connais pas?
Sur un mot, fût-ce au bout de dix ans, la pauvre fille cour-
rait se jeter à mes genoux!

FLORA.

Vous vous trompez. Je la connais mieux que vous. Vous
l'avez vue soumise, étrangement patiente. Mais quand on a
par trop abusé d'une femme de cœur, elle se redresse un
beau jour... C'est fini, ne comptez plus sur elle!

GREGORIO.

Allons donc! Loin de moi, c'est pour elle une vie de
soucis, de misères, de honte... Ici, c'est le repos et l'opu-
lence. Je serai très bon pour elle, maintenant. Helen me
manque... Je n'aurais plus de goût à la tromper, elle serait
heureuse.

FLORA, câlinement.

Contentez-vous de mes soins. Ne vous suis-je pas dévouée,
moi? Ne sais-je pas vous rendre les heures moins longues?
Vous vous accoutumerez si bien à moi que personne ne
saurait me remplacer.

GREGORIO, se soulevant.

Toi, je t'exècre! Outre tout ce que tu as causé de mal ici,
c'est toi d'abord qui m'avais enlevé Helen! Sans tes perfides

encouragements, aurait-elle jamais eu l'idée de m'abandonner? Et tu veux la supplanter? Va-t'en au diable!

FLORA, menaçante.

C'est pourtant grâce à moi que votre cher oncle ne vous y avait pas envoyé... Maintenant, vous pourriez vous repentir — si je m'arrêtais en chemin... (Changeant de ton.) D'ailleurs, j'avais fait toutes vos commissions. Vous voyez qu'elle s'entête. Écrivez vous-même.

GREGORIO.

Si cette sotte savait tout ce que je voulais faire pour elle! Je me sens très malade, Flora, je suis fini, j'ai trop abusé de mes forces.

Entre un nègre avec une lettre sur un plateau. Il la tend à Flora.

FLORA.

L'écriture d'Helen!

GREGORIO.

Lisez! lisez, vous dis-je! Elle annonce son arrivée.

FLORA, décachetant et lisant.

« Ma chère Flora, je me souviens d'un certain don Gregorio de Medilla qui avait tout profané chez une jeune fille: bonne renommée, amour filial, vertu, sentiments infinis. — De ces choses, il a fait un amas de boue dans le cœur de cette malheureuse. — Chéri par elle quand il était pauvre, don Gregorio l'a martyrisée, chassée sans pitié. — A cette heure, elle reviendrait parce qu'il est riche au caprice qui la rappelle? — Tous les autres peuvent avoir leurs chances avec moi — lui seul, jamais plus. — Celle qui fut Helen Bristed. »

GREGORIO.

Elle se vante, l'entêtée mégère!

FLORA.

Attendez un peu. J'ai récrit, moi, j'ai menti, je lui ai dit que vous étiez mourant, que vous aviez à lui remettre les dernières volontés de sa mère. Peut-être se décidera-t-elle ?

GREGORIO.

Je n'en veux plus ! Elle me répugne à présent. Qu'elle s'avise de paraître chez moi, je la fais mettre dehors. (Il se lève en titubant, jette son chapeau, ses gants, prend à sa ceinture son revolver qu'il jette aussi sur le bureau, fouille dans un tiroir. Il en tire un papier qu'il brandit.) Tenez ! Voilà ce que je lui destinais... toute ma fortune dans bientôt, quand je ne serai plus... (Froissant le papier et le jetant à terre, à ses pieds.) Eh bien, plus rien ! (Il prend un autre papier et écrit en répétant tout haut.) « Je laisse mes biens à mes fidèles amis : don Miguel Fuentès et don Salvador Castillo. » — Ceux-là ne m'ont pas tant volé que les autres ! Là, je date... et je signe.

FLORA.

Et moi ?

GREGORIO.

Je t'ai récompensée dans ce monde, et je me moque de toi dans l'autre. Le notaire non plus ne viendra-t-il pas ? A boire, car mes forces s'en vont. A boire !

Flora lui tend la bouteille et le verre, il boit coup sur coup et tombe lourdement la tête dans ses mains, sur le bureau.

FLORA, à demi-voix.

Par saint Jacques ! Tout n'est peut-être pas perdu pour nous !

Elle saute sur le papier froissé à terre, le redresse et le glisse avec précaution à portée de don Gregorio à la place de l'autre qu'elle jette bien vite, sur un brusque mouvement de Gregorio.

SCÈNE II

LES MÊMES, UN DOMESTIQUE NÈGRE, puis UN NOTAIRE.

LE DOMESTIQUE.

Le seigneur notaire peut-il entrer?

FLORA.

Sur-le-champ! (Le domestique introduit le notaire qui s'incline, puis il s'en va. Flora secouant Gregorio.) Don Gregorio, le notaire attend vos ordres.

GREGORIO, se réveillant à demi.

Qui se permet de me déranger? (Regardant autour de lui.) Un notaire? Pourquoi faire? Ah! si... je me rappelle... (Il saisit le papier qu'il a sous la main.) Seigneur notaire, en mains propres, je vous remets ma dernière volonté. Prenez et gardez le papier chez vous. Il n'y restera pas longtemps.

LE NOTAIRE.

Votre Seigneurie est si jeune. Pour un malaise passager, elle ne doit pas avoir de ces sombres idées.

GREGORIO.

C'est bon, je sais ce que je dis. (Il joue machinalement avec le revolver.) Je suis sûr de ne plus vous revoir. Laissez-nous, Dieu vous garde!

LE NOTAIRE.

Vous pareillement, don Gregorio!

Il hésite un moment ,puis salue en faisant un geste de pis-aller et sort.

SCÈNE III

DON GREGORIO, FLORA WALGRAVE.

GREGORIO, se levant lourdement.

Je me sens plus tranquille maintenant. Elle n'aura rien, l'insolente! Pas plus que ces lointains parents d'Espagne qui osaient, sur je ne sais quels récits, insinuer, m'accuser même, par le sang du Christ! Don Antonio, mon oncle, as-tu parlé quand on t'a ramassé sur la route? N'avais-tu pas la tête bien cassée? (Ricanant.) Ce que c'est que de tomber bêtement sur des pierres! (Il se rassied. Voyant le papier à terre, près de lui et riant encore.) Ah! ah! le testament pour Helen...

Il cherche à ramasser le papier. Flora veut s'y opposer.

FLORA.

Allez donc vous reposer, don Gregorio!

GREGORIO, la repoussant rudement.

Suis-je un enfant que l'on envoie coucher? Je veux revoir ce papier... (Il le saisit et le développe.) Ah! ah! ah! Helen! (Lisant.) Que vois-je? Les noms de mes amis? Qu'ai-je donc remis tout à l'heure? Flora, tu t'es jouée de moi! Ah! chienne, tu vas me le payer! (A voix plus haute.) Rappelez, rappelez le notaire!

FLORA, saisissant le revolver sur la table.

Tu lui disais adieu, tu faisais bien... (Elle fait feu sur lui. Grégorio roule à terre. Flora jette le revolver près de lui, ramasse le papier qu'elle met dans son sein et court à l'autre bout de la scène.) Au secours! Au secours!

SCÈNE IV

LES MÊMES. LES SERVITEURS se précipitant.

FLORA.

Le malheureux! C'est l'ivresse qui l'a conduit au suicide!
Relevez-le. Mettez-le sur ce divan. (On lui obéit.) Courez chercher le notaire, il ne doit pas être bien loin encore.

SCÈNE V

LES MÊMES. Entre HELEN en costume riche et extravagant, la cigarette
à la main. Flora court à elle.

HELEN.

Il est tout à fait mourant, sur votre parole, et ce n'est
pas un piège? Sans quoi je repars aussitôt. Où est la lettre
de ma mère?

FLORA.

Votre mère n'a pas écrit. Et quant à don Gregorio...
voyez... Il vient de se tuer!

Elle montre le cadavre.

HELEN, froidement.

C'est un malheur qu'il ait jamais existé! Voilà beau jour
pour moi qu'il était mort.., Qu'ai-je à faire ici? Venez-vous,
Flora?

FLORA.

Un instant, ma chère. Vous êtes riche, immensément

riche. Il y a quelques moments, avant d'attenter à sa vie, cet homme signait, en votre faveur, un testament que le notaire a reçu de ses mains.

HELEN, rêveuse et négligemment.

Vraiment! Il n'a pu me rendre mon âme dans ce testament, car elle est bien perdue!... Vais-je refuser le reste? Il me devait plus que cela. Partons! Dans deux mois, je veux être en Europe.

FLORA.

Avec moi, n'est-ce pas, mon enfant? Si je vous suis aussi précieuse là-bas que je l'étais ici, vous n'aurez pas à regretter de m'avoir à vos côtés.

HELEN.

Si vous voulez.

FLORA.

Pour tous, je serai votre cousine. Ce sera le mieux, pensez-vous ?

HELEN.

Tout ce qu'il vous plaira.

FLORA, à part, portant la main à son sein où elle a caché le papier.

En tout cas, j'ai là ma garantie contre elle !

SCÈNE VI

LES MÊMES, LE NOTAIRE, rentrant.

LE NOTAIRE.

Qu'y a-t-il, senoras?

FLORA.

Hélas! seigneur notaire, — l'infortuné, vous ne l'avez que trop compris, était las de la vie. — Voilà pourquoi don Gregorio vous faisait appeler. Avant que j'aie pu m'y opposer, il mettait fin à ses jours...

LE NOTAIRE.

Quelle horrible catastrophe!... J'hésitais à m'éloigner... Ses propos, ses façons désespérées... tout indiquait bien sa funeste résolution... Je suis même certain d'avoir vu le revolver entre ses mains !

FLORA, vivement.

J'en appelle à vous, n'est-ce pas? Il ne saurait y avoir un doute...

LE NOTAIRE.

Vous pouvez compter sur mon témoignage, senora... Cela est clair comme le jour...

FLORA, bas à Helen.

Grâce à d'honnêtes émoluments, ce notaire vous qualifiera de veuve autant qu'il sera nécessaire pour nous faire accueillir en tous lieux.

HELEN.

Par tous les saints, dépêchons, je souffre ici !

ACTE DEUXIÈME

_____

Premier Tableau.

Riche intérieur d'hôtel aux Champs-Élysées. Serres au fond. Salons.

SCÈNE PREMIÈRE

UN MAITRE D'HOTEL, Valets de chambre et de
PIED, autour du buffet, tables à thé, etc., MISS ÉDITH MER-
TON, LUCRECIA.

MISS MERTON, entrant, au maître d'hôtel.

Rien de prêt? A quoi pensez-vous? La moitié de ces tables
n'est pas garnie... pas de valets dans l'antichambre...

LE MAITRE D'HÔTEL.

Il est à peine deux heures, miss Merton. On connaît son
monde. La compagnie ne doit pas arriver avant trois heures
pour un five o'clock. Dans les meilleurs salons où j'ai l'habitude de servir...

MISS MERTON.

Taisez-vous! Croyez-vous être à des Françaises pour vous permettre de répondre? Un mot de plus et je vous chasse.

LE MAITRE D'HÔTEL.

Je ferai remarquer à miss Merton que l'on dit « remercier » dans nos sphères.

MISS MERTON.

Vous partirez dès ce soir.

LE MAITRE D'HÔTEL.

Je m'incline... si toutefois ces dames ne daignent pas agréer d'ici là mes excuses.

MISS MERTON.

Nous verrons! En attendant, obéissez et pressez-vous!

LE MAITRE D'HÔTEL, à part.

Ah! si les profits n'étaient pas aussi conséquents...

Il sort avec les autres serviteurs.

SCÈNE II

MISS MERTON, LUCRECIA, prenant des papiers sur une table.

MISS MERTON.

Et toi, Lucrecia, damnée fille! Que n'es-tu là-haut, près de madame?

LUCRECIA.

Je ramasse les lettres et les livres, parce que madame l'a dit. Mademoiselle Flora ne doit pas parler durement à Lucrecia.

MISS MERTON,

Je t'ai défendu de me donner ce nom, sotte! Madame a eu bien tort de t'emmener. On te fera repartir pour la Havane, où tu crèveras de faim.

LUCRECIA.

Je n'ai pas peur!... Vous serez toujours Flora Walgrave quand personne n'écoute... Miss Helen, elle, est bien la comtesse de Médilla. Je me jetterais au feu pour maîtresse. Elle le sait bien. Lucrecia pas renvoyée, jamais.

Elle sort, le timbre résonne.

SCÈNE III

M. et MADAME DE BOCAREL, MISS MERTON.

UN VALET DE CHAMBRE, annonçant.

M. et madame de Bocarel !

DE BOCAREL.

Bonjour, ma chère miss Édith, nous sommes les premiers... Comment va-t-elle aujourd'hui?

MADAME DE BOCAREL.

Cette chère Luisita! je vais monter près d'elle.

MISS MERTON.

Ne la retardez pas. Elle descend à l'instant. La voici.

SCÈNE IV

Les Mêmes, LA COMTESSE LUISITA DE MÉDILLA.

LA COMTESSE.

Salut, mes fidèles! (Elle embrasse madame de Bocarel, M. de Bocarel lui baise cérémonieusement la main.) Nous allons au Vaudeville.

DE BOCAREL.

Dînons-nous?

LA COMTESSE.

Naturellement, et je vous mène. Avez-vous fait mes commissions? Nous en reparlerons ce soir.

SCÈNE V

Les Mêmes. Entrées successives. D'abord le BARON SAMUEL, le jeune MAC DOWELL, RODANI, chacun une fleur à la boutonnière.

RODANI.

On dirait une conjuration! Les assiégeants se sont trouvés réunis pour enfoncer les portes...

LA COMTESSE.

Toute grandes ouvertes! La garnison avait ordre de mettre bas les armes.

SAMUEL, lui embrassant galamment les deux mains.

Mais nous, nous ne désarmons pas.

Les autres vont causer avec miss Merton.

LA COMTESSE, à mi-voix.

Quelles nouvelles m'apportez-vous, baron ?

SAMUEL, de même.

Excellentes... Je n'en apporterais pas d'autres. Quelques différences avantageuses... Ah ! et puis, un détail qui vous intéressera peut-être... J'ai rompu définitivement avec ma protégée des Variétés.

LA COMTESSE.

Pourquoi ? Pauvre fille, elle me fait pitié... A moins que ce ne soit elle qui vous ait posé son ultimatum ?

SAMUEL.

Pouvez-vous croire ? Au contraire, scène déchirante... Mais je ne peux plus... Je suis tout entier...

LA COMTESSE.

Augmentez-la, mon cher, et gardez-la. C'est plus pratique. D'ailleurs, vous allez me compromettre. (Elle le quitte et va vers Rodani.) Vos poneys sont adorables, Rodani. Ce matin, je les ai menés avec deux doigts. On les soignera très bien dans mes écuries.

RODANI, embarrassé.

Chère comtesse, que dira ma sœur ? Je les lui avais donnés.

LA COMTESSE.

Vous lui en chercherez d'autres, à votre sœur, et vous lui direz que vous avez fait un excellent marché. (Avec câlinerie). Avez-vous pris l'avant-scène au Vaudeville ?

RODANI.

Je vous apporte le coupon.

LA COMTESSE.

Gardez-le. En récompense de vos peines, vous serez notre chevalier.

LE COMTE DE SAINT-OMER, vieux galantin tout voûté. Il embrasse la main de la comtesse avec des grâces surannées et lui remet un bouquet que la comtesse reçoit n souriant, respire un moment et plante dans un vase.

Plus belle encore que d'habitude, si c'est possible ! On a beau se dépêcher, on est toujours prévenu par la foule des adorateurs.

LA COMTESSE.

Que vous importe ? Le dernier n'est-il pas reçu le mieux de tous, ainsi que cela se passe dans le royaume du ciel ?... Votre nièce de Fontenailles ne vient pas encore cette fois ?

SAINT-OMER, hésitant.

Je ne pense pas. Elle sort si peu, grâce à sa déplorable santé. Pour moi, je ne puis mieux occuper ma journée.

LA COMTESSE.

Pourtant, on vous dit furieusement pris d'un autre côté. On a même raconté qui vous allez épouser certaine dame...

SAINT-OMER.

Vous êtes sévère ! N'ai-je pas mérité mon acquittement... après vingt ans de prison préventive ? Et quand on est amoureux d'une belle comtesse comme vous...

LA COMTESSE, riant.

Nous ne demandons qu'à ne pas vous perdre. (A une vieille dame, très richement mise.) Comme c'est aimable à vous, marquise ! Vous ne m'amenez pas vos charmantes filles ?

2.

LA MARQUISE DE SAN LUCAR, accent espagnol.

Un peu enrhumées toutes les trois.

LA COMTESSE.

Comte de Saint-Omer, que je vous présente à la marquise de San-Lucar.

LA MARQUISE.

Nous nous connaissons déjà.

SAINT-OMER, souriant, à demi-voix.

C'est un fait bien rare en ce salon. Marquise, daignez accepter mon bras.

Il s'en va avec elle, clopin-clopant. Plusieurs messieurs saluent et serrent la main de la comtesse.

MISS SIMERY, embrassant la comtesse, accent anglais.

Comment êtes-vous, dear? On a tant de névralgies par ce temps absurde.

MAC DOWELL.

Oh miss! vous retardez. Plus de névralgies, plus d'influenzas... aujourd'hui, la mode est aux dilatations de cœur... et de toutes sortes, dangereuses surtout pour les demoiselles.

LA COMTESSE.

Voulez-vous vous taire, vilain garçon!

MAC DOWELL.

Si vous me défendez de donner des consultations gratuites...

SCÈNE VI

LES MÊMES, LE COMTE DE QUILIEN
et M. RENÉ D'ÉRYL.

PLUSIEURS VOIX.

Ah! le comte de Quilien! Bravo! Pas de bonne fête sans lui!

QUILIEN, à la galerie.

Vous êtes tous trop aimables! (A la comtesse.) Chère madame, j'ai voulu vous remercier ce matin de votre aimable invitation pour ce soir.

LA COMTESSE.

Je vais être bien indiscrète. Puis-je aussi vous retenir pour le 14?

QUILIEN, prenant son carnet et le consultant.

Attendez! Non, je suis pris... Mais si vous voulez pour le 17 ou le 20?

LA COMTESSE, riant.

Va pour le 17, en ce cas. Vous êtes plus retenu que Coquelin ou qu'Yvette Guilbert!

QUILIEN.

J'ai mon genre! (A M. et Madame Bocarel.) Bien aise de vous retrouver, les Bocarel! A vrai dire, j'y comptais un peu. (A miss Simery.) Respectueux hommages à la délicieuse et non moins insensible Simery (A la galerie.) Mesdames, je me sens d'une gaîté folle aujourd'hui!

MISS SIMERY.

Parce que vous avez le bonheur de nous voir?

QUILIEN.

D'abord. Et puis, parce que c'est l'anniversaire de la mort de ma belle-mère.

MISS SIMERY.

C'est un très joyeux souvenir pour vous?

QUILIEN.

Au contraire, et c'est justement pourquoi je me réjouis de voir une année de plus passer sur un événement si cruel.

MISS SIMERY.

Vous vous aimiez beaucoup?

QUILIEN.

Très convenablement, surtout depuis notre dernière explication : « Belle-maman, lui avais-je dit, vous n'avez mis que deux ans à tuer votre cuirassier de mari. Pour votre gendre, l'affaire sera plus dure. Je vous la donne en dix, et vous pourrez bien partir avant moi. »

MISS SIMERY.

Et... elle est partie?

QUILIEN.

Grand express du Purgatoire! Que le bon Dieu la tire de là quand il voudra! (on rit.) Mais, je vois que je vous attriste... Soyons tout aux bons vivants!

Il va causer à gauche et à droite.

D'ÉRYL, à la comtesse, en s'inclinant.

Madame...

LA COMTESSE, très gravement.

Vous êtes le bienvenu, monsieur d'Éryl! Je ne vous vois pas assez souvent... et je vous attends toujours... Comme c'est mal à vous!

QUILIEN, revenant.

Ne lui faites pas de reproches, au loup de mer. Tout à l'heure, pour venir, il m'a mené train de poste sur le plancher des vaches.

LA COMTESSE, à d'Éryl.

Nous allons pouvoir causer plus tard... à moins que vous ne preniez tout de suite le chemin des Grandes Indes... Qui sait, avec vous?

D'ÉRYL, bas.

Vous le savez bien.

RODANI, à Quilien.

Et vous, comte, ne vous en allez-vous pas cet hiver? Vous ne voyagez jamais?

QUILIEN.

J'ai voyagé beaucoup autrefois... avec les armées françaises.

MADAME DE MORDILLAC, entrant en coup de vent. Beauté et toilette tapageuses. Elle embrasse la comtesse.

LA COMTESSE.

Ah! l'élégante madame de Mordillac!... Quelle surprise! Et les courses, vous n'y êtes pas allée ?

MADAME DE MORDILLAC.

Hein! Croyez-vous? C'est moi! J'ai manqué les trois dernières pour débouler ici. Alors, c'était vraiment pas la peine.

SAMUEL.

Vous vous intéressez beaucoup aux courses?

MADAME DE MORDILLAC.

Oui, mais pas aux chevaux ni aux jockeys. Cela regarde M. de Mordillac... Moi, je vais là pour me ballader... Du reste, je me suis trouvé une occupation tantôt. J'ai pris le bras de Willickson, et nous nous sommes avisés d'aller voir si c'était vrai, les têtes officielles... Oh! ma chère! ces grands personnages... Y avait un tas de monde qui les guignait d'en dessous... Ils auraient bien voulu rougir, mais ils n'osaient pas! (on rit.) Où est-ce qu'on grignotte ici? J'ai un creux dans mon armoire.

Elle se dirige vers le buffet.

QUILIEN.

Quelle bonne toquée! En voilà une qui me va !

Il la suit.

LE VICOMTE DE VERTBOIS, venant à la comtesse avec quelques autres jeunes gens.

Expliquez-nous une chose, chère comtesse. Vous qui dan-

sez comme à l'Opéra, qu'au Palais de Glace on prend pour
une Russe, pourquoi ne montez-vous pas à cheval? Vous
seriez si réussie, en amazone.

LA COMTESSE.

Il faut que je sois à cheval pour que vous me prisiez?
Grand merci! Je trouve ce sport inepte. Je ne comprends
pas que l'on se mette de gaîté de cœur à la merci d'une bête.
On y est déjà tant exposé dans le monde! N'est-ce pas, mon
cher vicomte de Vertbois?

Les autres rient.

DE VERTBOIS.

Mon Dieu, madame...

MAC DOWELL, à demi-voix.

Peut-être avez-vous une autre raison... On prétend que
les marins ne brillent pas à cet exercice...

LA COMTESSE, sévèrement.

« Quand ils ont tant d'esprit, les enfants vivent peu! »

MAC DOWELL.

Ne faites pas la méchante! Vous ne voulez pas me tuer?
Si vous ne m'aimez plus, vous ne me détestez pas encore?

LA COMTESSE, souriante.

Petit fat!

MAC DOWELL.

C'est de mon âge! après, ce serait ridicule.

LA COMTESSE.

Vous feriez bien de m'amener votre mère. Je lui dirai de
vous sermonner.

MAC DOWELL.

Hélas! Elle reçoit les mêmes jours que vous!

SCÈNE VII

LES MÊMES, entrent MM. AUBRAY et POLIGNY.

LA COMTESSE, à Aubray.

Vous trouvez donc du temps pour tout, mon cher directeur?

AUBRAY.

Je cumule ici mon plaisir avec l'intérêt de mon journal que deviendrait le « Hurlement » sans des maisons comme la vôtre? Vous m'avez permis, chère comtesse, de vous amener mon ami, M. Poligny, déjà connu, bientôt célèbre.

POLIGNY.

J'ai perdu bien du temps, madame, à ne pas vous admirer de près.

LA COMTESSE.

C'est impardonnable pour un aussi grand peintre — (De l'air e plus gracieux.) Et vous croirez sans doute vous devoir à vous-même d'immortaliser mes traits?

POLIGNY.

Toute besogne cessante, pour le prochain salon.

LA COMTESSE.

Je vous le permets bien volontiers. Mais comme je me méfie des artistes, ou plutôt de tous ceux qui les fréquentent, il est bien entendu que mon portrait n'ira pas ensuite trôner dans votre atelier ?

POLIGNY.

Vous souffrirez que je remette la copie à l'original, ne fût-ce que pour avoir l'occasion de revoir mon œuvre auprès du modèle et de me rappeler le plus souvent possible à la modestie.

LA COMTESSE, coquettement.

Vous viendrez comparer tant que vous voudrez ! Mais je n'en serai que plus fière de ma figure, j'en suis certaine, par tout ce qu'elle aura su vous inspirer. A l'un de ces jours, je vous écrirai.

Elle sourit aimablement et va plus loin.

POLIGNY, à Aubray.

... Elle a beaucoup de ligne, la maîtresse de céans, vous ne m'aviez pas trompé... De plus, fort roublarde ! Car j'ai été roulé tout de suite, mon cher Aubray..., j'ai fait une belle affaire, — on me paie avec des sourires...

AUBRAY.

Hé ! hé ! C'est un commencement. Ne vous plaignez pas. En tout cas, une fameuse réclame que vous aurez là.

POLIGNY.

Avec qui cause-t-elle, à présent ? Pal mal du tout.

AUBRAY.

Miss Simery, américaine.

POLIGNY.

Riche?

AUBRAY.

Pas le sou.

POLIGNY.

Fort élégante, pourtant... alors?

AUBRAY.

Oh! très collet monté. La vie consiste, pour elle, à chercher partout de l'intérêt... sans confier à personne le capital.

POLIGNY.

A qui le shake-hand de la patronne?

AUBRAY.

Irréprochable, celle-là... Ir-ré-pro-cha-ble!... Fameux dans
le tableau.

POLIGNY.

Cette autre, je la reconnais, c'est madame de Firoën.

AUBRAY.

Tout juste. Chez elle, ce sont les formes qui sont irrépro-
chables.

POLIGNY.

Et le reste? Elle m'a tout l'air d'un sphinx. Est-ce de
l'agression ertueuse, ou du vice en attitude défensive?

AUBRAY.

Quand une femme se déguise en énigme, soyez sûr que
ce n'est pas pour le bon motif. Mais parlons bas, le mari
n'est jamais loin, et quoique venant de je ne sais où, il
entend fort bien le français. On dirait qu'il est toujours à
la recherche de quelqu'un à inscrire sur ses livres. Or, il
paraît que cela vaut la peine qu'il se donnerait.

POLIGNY.

Combien ?

AUBRAY.

Madame de Firoën a l'habitude, au dire des gens bien
informés, de quitter le monde de temps en temps pour s'enfermer dans une petite maison... de rapport... du côté
d'Auteuil. Ils appellent ça la « Retraite des Dix mille ». —
Ce n'est sûrement pas pour le nombre des adorateurs. Reste
le chiffre.

POLIGNY.

Le nombre me paraîtrait mythologique, mais le chiffre
est joli. Bref, cela sent furieusement le demi-monde, ici.

AUBRAY.

Le demi-monde? C'était bon du temps que la reine Berthe
filait, et qu'il existait, par en haut, un monde tout entier.

POLIGNY.

Vous avez la dent dure.

AUBRAY.

Je ne mors pas, je « hurle » simplement. C'est le titre de
mon journal qui le veut. Je hurle à la mort, entre quelques
chiens et beaucoup de loups dans les ténèbres qui vont

s'épaississant au crépuscule du siècle couchant. Pour en
revenir à nos brebis, nous avons eu, depuis le demi-monde,
une telle inondation de « cent peuples divers », que les dé-
marcations ont disparu sous les flots. Dans les salons comme
celui-ci, c'est maintenant un composé d'éléments hétéro-
gènes dont le plus fin chimiste ne réussirait pas l'analyse...
Monde, demi-monde, quart de monde, monde étranger, jui-
verie, tout ce que vous voudrez, se mêle en une olla-podrida,
une salade cosmopolite, assaisonnée d'antiques débris, de
poussière de grandes routes et de poudre d'or, où surnagent
avec peine quelques légumes nationaux.

POLIGNY.

Pauvre Paris! Alors plutôt la salade russe toute seule...
c'est plus sain?

AUBRAY.

Et fort à la mode, donc encore!

POLIGNY, riant.

Mais au milieu de ce chaos, les maris, dont jadis on cons-
tatait l'absence?

AUBRAY.

Oh! sous ce rapport, ces dames ont profité largement de
l'avertissement du grand maître... Il n'est pas rare aujour-
d'hui d'en voir à chacune au moins deux, parfaitement
bien portants, sans compter dans l'avenir « celui qui pourra
l'être ». Et tenez, regardez plutôt à droite, là, près du
buffet, la ravissante et langoureuse mistress Fairplay, qui
semble « attendre des ailes pour s'envoler dans les brises
du soir ». Elle est en train de flirter avec un gros homme.
Eh bien, mon cher, c'est le numéro trois. Ils se marient
dans quinze jours.

POLIGNY.

Amen! quelle consommation!

AUBRAY.

Ah ! Et n'oublions pas que nous sommes chez une riche veuve. Quoique l'on n'y paraisse pas pressé de faire tirer la loterie, le gros lot n'en est pas moins exposé au public.

POLIGNY.

Si je ne craignais d'abuser de mon aimable cicerone...

AUBRAY.

Ne vous gênez pas, ça m'exerce.

POLIGNY.

Le baron Samuel ne semble-t-il pas disposé à prendre d'avance tous les billets?

AUBRAY.

Il n'a même pas droit au billet à La Châtre, qu'il serait d'ailleurs trop fin pour demander.

POLIGNY.

Pourtant, on le disait en titre.

AUBRAY.

En titre, comme quoi? comme amoureux? puisque chez une veuve, on ne connaît pas d'amant? Non pas, Samuel fait tout bonnement *les entr'actes*, et comme ces derniers reviennent souvent, il ne s'embête pas trop. D'autant qu'il se soucie peu des pièces que l'on joue, pourvu qu'elles ne soient pas trop longues et qu'elles n'aient que le moins de dénoûment possible... Le baron a-t-il l'idée d'aller... jusqu'à Rome?... Tous les chemins y mènent... Peut-être a-t-il pris le bon !

Ils s'éloignent.

UN INVITÉ, d'un côté de la scène.

Mon cher Cadenabbia, que pensez-vous de la belle « Habanera », comme on appelle la maîtresse de la maison?

LE COMTE DE CADENABBIA, fort accent italien.

Mon zer ami, Diou me garde de parler lézèrement d'une sarmante comtesse à la tête de tant de millions! Ma si vous voulez que ze vous donne franzement mon opinion zénérale, c'est un véritable terrier que ce palazetto, l'on s'y amouze énormément.

L'INVITÉ.

Et à bon marché?

CADENABBIA.

Zé ne dis pas ça! Pourquoi qu'ici on est très risse, et que les rouisseaux, ils ont beau mourmourer, ils portent touzours leur eau à la rivière!

MADAME DE BOCAREL, de l'autre côté de la scène, à une dame.

La comtesse de Medilla est un ange, voyez-vous. M. de Bocarel et moi, qui sommes dans une si grande intimité près d'elle, nous savons seuls ce qu'elle vaut! Du reste, en dépit de sa liberté, de son existence de luxe et de plaisir, aucune calomnie n'a pu l'effleurer.

Entre la duchesse douairière d'Aigues-Mortes, la comtesse lui fait une profonde révérence.

LA COMTESSE.

Madame la duchesse...

LA DUCHESSE.

Je tenais, ma chère madame, à vous rendre grâces de vive voix et chez vous, de votre munificence envers nos pauvres. Il faut que je vous entraîne chez eux un de ces jours.

Elles vont s'asseoir ensemble sur un canapé où le comte de Saint-Omer vient saluer la duchesse.

MADAME DE MORDILLAC, se léchant les doigts et les essuyant avec son mouchoir, tout en gagnant le devant de la scène, suivie par Quillen et d'autres.

Maintenant, mes enfants, j'ai mon quotient, comme dit mon frère, le Saint-Cyrien, et je me trotte... A la prochaine! (Apercevant la duchesse.) Hou! la duchesse d'Aigues-Mortes! De la tenue! On n'est plus en sûreté par ici. Elle va nous enrhumer! Heureusement qu'elle tire sa révérence (Cherchant et voyant le vicomte de Vertbois, s'adressant à lui, en aparté.) Dites donc, vous, ne vous gênez pas, vous vous imaginez que je ne vous vois pas?

DE VERTBOIS.

Que si, et d'un bon œil, encore.

MADAME DE MORDILLAC.

C'est ça qui va finir! Mon bon ami, vous ne démarrez plus d'ici. Or, suivez bien mon dilemme. C'est ainsi que ça s'appelle. Ou la comtesse de Medilla, qui s'y connaît, ne fait pas attention à vous, alors vous ne valez pas cher et je me trompe; ou bien elle vous reluque, et je serai trompée... Vous êtes rasé, pas vrai? Vous sentez bien que je ne vais pas vous laisser tourner plus longtemps autour de cette bobine-là?

DE VERTBOIS.

Vous êtes d'une tyrannie...

MADAME DE MORDILLAC.

On vaut quelques petits sacrifices... Pas mal, hein, la poupée? je m'en moque, de l'autre, en bicyclette... Oust! votre bras?

LA COMTESSE.

Vous partez déjà, chère?

MADAME DE MORDILLAC.

Mais oui, déjà, chère. Le vicomte veut bien me mettre en voiture.

Le vicomte semble renâcler, mais donne son bras en faisant à la comtesse un salut entendu et désolé. La comtesse lui tourne le dos sans le lui rendre.

MADAME DE MORDILLAC, chantonnant.

Encore un qui glisse en bas !
Encore un qui n'l'aura pas !

Elle sort en riant comme une folle, avec le vicomte, furieux. On a apporté les lampes et les salons se vident quelque peu.

D'ÉRYL, s'approchant de la comtesse qui vient vivement à lui.

Comme je suis content d'avoir vu chez vous la duchesse d'Aigues-Mortes et de vous savoir si charitable, vous qui me semblez vivre que pour la frivolité.

LA COMTESSE.

Moi?... Les pauvres, je déteste m'occuper d'eux. Ils sont moins à plaindre que nous. Quand j'étais comme eux, j'étais bien plus contente. Je donne parce qu'il le faut, et que c'est d'un excellent effet dans votre société.

D'ÉRYL.

Je n'aime pas vous entendre parler de la sorte, vous qui êtes si bonne ! Sont-ce là toutes les leçons que vous ont données vos adversités passées ?

LA COMTESSE.

Eh ! mais, vous me grondez tout le temps, vous ? Tantôt vous me reprochez de ne pas être hypocrite, tantôt de me tuer à plaisir... Alceste faisait parfois la cour à Célimène, lui.

D'ÉRYL.

On lui en avait donné le droit. D'ailleurs, Alceste avait le temps, il n'était pas marin. Quand je vois une fragile goélette prise dans la tempête, je ne m'attarde pas à louer ses formes élégantes et sa svelte mâture, mais je tâche de la sauver.

LA COMTESSE.

Me sauver de quoi? De la destruction? Où serait le malheur? Que la vie m'emporte dans ses tourbillons effrénés, peu m'importe le moment où je sombrerai... Rentrer dans le néant demain ou après-demain...

D'ÉRYL.

Et l'âme immortelle?

LA COMTESSE.

Une âme?... immortelle?... Quelle plaisanterie! Une invention pour les poltrons ou les pauvres diables!

D'ÉRYL.

Est-il possible qu'une femme intelligente, un pur chef-d'œuvre comme vous, en vienne à penser que rien ne restera d'elle?

LA COMTESSE se penchant sur un bouquet et y prenant une fleur.

Cher ami, regardez bien cette rose de Bengale... Quelle perfection! quelle grâce! quelle suavité! (Elle la froisse dans sa main.) Qu'en reste-t-il, maintenant? Et la nature se soucie-t-elle de ce qu'elle a créé? Où est son âme, à cette rose?

D'ÉRYL.

Vous me désolez!... Vous ne croyez donc à rien?

LA COMTESSE, regardant fixement d'Éryl.

Si, je suis en train de croire à quelque chose ou à quelqu'un, peut-être, et de m'occuper de lui, mais il est le seul qui ne me demande rien.

D'ÉRYL.

Il peut avoir ses raisons.

3.

LA COMTESSE.

Qui doivent être détestables... Il faut donc que ce soit moi qui lui demande la première... Voulez-vous m'offrir une petite fête, chez vous, demain ?

D'ÉRYL.

Demain ? Je n'aurai jamais le temps de donner des ordres, de vous préparer une réception digne de vous.

LA COMTESSE.

Pas bien long... Personne que vous... un fauteuil pour m'asseoir et me remettre de mon émotion, et du feu pour sécher mes bottines, car je compte venir à pied.

D'ÉRYL, suffoqué, puis la fixant à son tour.

A vos ordres... quelle heure ?

LA COMTESSE.

Six heures... il fait déjà sombre.

D'ÉRYL.

Au revoir !

LA COMTESSE.

Je vous fais fuir ?

D'ÉRYL.

J'ai peur de moi... Je me sens une telle envie de vous embrasser... et dans un salon... Tant pis pour ma famille, elle sera bien étonnée de mes effusions.

Il sort. — Le baron Samuel, Rodani, Jacquet, puis miss Merton, tous en conciliabule sur le devant de la scène.

SAMUEL.

Que vous en semble, de ce d'Éryl ? Il commence à m'agacer avec ses airs mystérieux. Si cela continue, il va tout bouleverser ici.

RODANI.

Ce ne sera plus tenable.

JACQUET.

Adieu la République, le despotisme nous menace.

QUILIEN, s'approchant d'eux.

Vous m'avez tout l'air de comploter quelque assassinat, messeigneurs ? Et quel est votre Guise ou votre Concini ?

SAMUEL.

Nous sommes tous d'accord pour trouver que M. d'Éryl est d'une fatuité ridicule... N'est-ce pas votre avis ?

QUILIEN.

Du tout, monsieur Samuel. S'il est un fat sous ce plafond, ce n'est pas lui. René d'Éryl est de mes vrais amis. Il sont rares, ceux-là. Vous n'en êtes pas.

SAMUEL.

Vous le prenez avec moi sur un ton...

QUILIEN.

Qui me convient. — Allons, en voilà assez ! Si vous n'êtes pas content, il est toujours facile de retrouver le comte de Quilien. Pas de danger qu'il soit parti pour la Belgique, lui !

Il lui tourne le dos et sort.

SAMUEL.

Quel ours !

MISS MERTON, à Samuel.

Nous saurons nous défendre, comptez sur moi.

UN VALET DE PIED annonce.

Le marquis de Capdevila !

MISS MERTON.

Tenez ! ce pourrait bien être un auxiliaire, celui-là.

SCÉNE VIII

LES MÊMES, LE MARQUIS DE CAPDEVILA.

LE MARQUIS, accent espagnol.

Me trouvez-vous téméraire, madame la comtesse, de me faire annoncer chez vous, et de venir si tôt vous rendre mes devoirs? (A demi-voix.) Une seule soirée près de vous, hier, à l'Opéra, m'a fait devenir votre esclave.

LA COMTESSE, l'invitant à s'asseoir près d'elle sur un canapé.

Vous allez vite en besogne, marquis. L'on voit que vous venez de l'autre côté des Pyrénées.

LE MARQUIS.

Nous sommes ainsi, nous autres Castillans! Moi, de plus, au lieu de suivre les habitudes paresseuses de mes ancêtres et de mes entours, je me suis senti trop de feu dans les veines pour rester inactif. Mon immense fortune, je l'ai faite en courant les mers, en jouant, tant qu'il le fallait, le tout pour le tout. Je suis arrivé... Maintenant, je n'ai qu'un désir, c'est de me mettre, moi et tout ce que je possède, aux pieds de la plus ravissante personne dont on ait parlé depuis... (Avec intention.) depuis la belle Hélène.

LA COMTESSE, troublée, se lève.

Hélène! Helen! (A part.) Comme il a prononcé ce nom!
(Le marquis s'est levé aussi, a salué et s'est perdu parmi les invités restant. Après réflexion, la comtesse appelle un de ses hôtes.) Mon cher député?

LE DÉPUTÉ.

Qu'y a-t-il pour vous servir?

LA COMTESSE, nerveusement.

Vous connaissez beaucoup de monde, dans les ministères et les ambassades?

LE DÉPUTÉ.

Beaucoup.

LA COMTESSE.

Pouvez-vous me savoir exactement... mais très exactement, ce qu'est ce marquis de Capdevila, qui a le don de m'énerver et de m'inquiéter à sa première visite?

LE DÉPUTÉ.

Ho! ho! Je vous dirai tout de suite que c'est un individu très fort, apparu depuis peu comme un météore... Il s'est fait rapidement des créatures... Enfin, je préférerais...

LA COMTESSE.

Ai-je inventé que vous me faites la cour? Eh bien, mon cher, le marquis veut m'épouser et n'y va pas par quatre chemins. Moi, si je me décide jamais, ce sera plutôt pour un Français, un homme d'avenir... Me comprenez-vous?

LE DÉPUTÉ.

Je le voudrais... Et si je vous débarrasse de lui?

LA COMTESSE, insinuante.

Vous me rendrez un de ces services qui peuvent convaincre qu'une protection comme la vôtre serait fort précieuse.

LE DÉPUTÉ.

Comptez absolument sur moi, je ferai l'impossible!

Ils s'éloignent en causant.

CAPDEVILA, revenant en scène avec miss Merton.

Ma chère miss Merton, votre cousine est une déesse! Je vous le répète. Puisque vous semblez être mon alliée, lais-

sez-moi, suivant mon naturel, aller droit au but. Je veux
lui demander sa main. Je pars ce soir, je serai vite de retour.
(Se rapprochant d'elle.) Ayez la bonté de lui faire accepter, en
attendant, ce cadeau de fiançailles, qu'un prince n'avait pas
trouvé trop indigne de sa royale épouse et qui, depuis, est
venu dans mes mains.

Il prend un écrin dans sa poche et le donne secrètement à miss Merton qui l'ouvre
et reste émerveillée.

MISS MERTON.

Splendide, en effet.

LE MARQUIS.

Je m'en fie à vous et compte vous montrer ma recon-
naissance! Vous m'êtes déjà chère... Vous ressemblez tant
à une ancienne amie, — miss Flora Walgrave — (Très marqué.) qui n'avait pas de secrets pour moi.

Il salue et sort. Tout le monde est parti.

SCÈNE IX

LA COMTESSE, MISS MERTON.

MISS MERTON.

Helen, je crois que nous sommes enfin tirées d'incerti-
tude. Ton charme et ta beauté l'emportent encore une fois!
Ce marquis de Capdevila, un des plus grands capitalistes du
monde, très bien de sa personne, ce qui ne gâte rien, est
fou de toi et demande ta main. Tu ne vas pas hésiter une
minute? Du reste, tout à redouter si tu refuses, car, le
diable aidant, il doit en savoir très long sur nous. Grâce à
ta bonne veine, c'est son alliance qu'il nous propose... Re-

garde ces bijoux qu'il m'a chargé de t'offrir... Les merveil-
leuses pierres ! (Avec insistance.) Mais, vois donc !

LA COMTESSE, après un silence.

Et tu n'as pas craint de les accepter sans ma permission ? Il faut les lui reporter à l'instant.

MISS MERTON.

Ainsi, tu risques tout pour ce d'Éryl qui te plantera là
dès que la tête lui chantera?... Que lui as-tu promis tout
à l'heure? Je te guettais... Ne t'apprendrai-je donc jamais
à vivre? Je te croyais bien convertie, cependant, à t'amuser
de tous, à te servir de chacun, tout en gardant un calme
imperturbable. Et te revoilà comme à la Havane, avant
d'avoir affaire à moi! Une proie facile! Tu vas te livrer à
celui-là? T'épousera-t-il seulement?

LA COMTESSE.

Qui sait! Une fois en route, je ne suis pas une compagne
trop désagréable. Aussi bien, parmi tous mes luxes, celui
de l'amour est-il le seul auquel je n'aie pas droit? Assez
de comédie! Je veux vivre!

MISS MERTON.

Quelle folie!

LA COMTESSE.

Il me plaît de la faire.

MISS MERTON.

Je ne t'obéirai pas, sois-en certaine.

LA COMTESSE.

En ce cas, j'y vais moi-même. Ah! Flora, tu me connais! (Frappant du pied.) Si tu me contraries....

MISS MERTON, paraissant céder.

Allons ! Ce n'était pas la peine de tenter le grand jeu. Tu n'étais pas de force! Rien à faire de toi. C'est bien, je mets mon chapeau. Dans un quart d'heure, les bijoux seront rendus au marquis.

Deuxième Tableau.

Chez René d'Eryl. — Rideaux tirés. Lampes allumées.

SCÈNE PREMIÈRE

RENÉ, tenue sombre et correcte.

Elle viendra, j'en suis sûr. Parbleu! ça été son idée à elle toute seule. (Regardant le cartel au mur.) Encore une heure à l'attendre... Je suis ému comme un collégien. (On entend résonner le timbre.) Un importun, sans doute !

Il se lève et va vers la porte qui s'ouvre en livrant passage à madame de Medilla, sans voile, en grand manteau.

SCÈNE II

RENÉ, LA COMTESSE.

LA COMTESSE.

Suis-je assez gentille, hein ? Une heure d'avance ! Ce n'est guère modeste, mais j'avoue que je comptais vous

trouver pensant à moi. J'en faisais une épreuve supersti-
tieuse, et sinon je me serais envolée... tout à fait édifiée...
M'en voulez-vous d'avoir abrégé votre méditation? C'était
tout ce que vous pouviez avoir de mieux, allez.

RENÉ.

L'enchantement continue, tout au contraire, et bien au-
·trement radieux que celui de mon imagination.

Il lui embrasse les mains avec ardeur.

LA COMTESSE.

Voyons, ne commencez pas par être assommant! (Regardant
autour d'elle.) Tiens! un bon point... pas de trophées d'armes,
pas de crânes d'Indiens... pas d'odeur de tabac... Pour un
marin... Des livres et des fleurs... On est très bien ici.

Elle s'assoit sur le canapé.

RENÉ, se mettant à ses genoux.

Vous ne vous trouvez donc pas trop dépaysée? Laissez-
nous, mon logis et moi, nous habituer à vous et vous faire
nôtre. Je ne sais pas encore si je vous aime, comme vous
le voulez, s'entend! Mais je sens que si vous ne deviez pas
revenir ici bien souvent, il serait plus charitable à vous de
repartir à l'instant.

LA COMTESSE, riant.

Vous êtes poli! Vous me mettez à la porte, déjà? (Mouvement de René.) Calmez-vous. J'ai fait un tel effort pour vous
arriver, que je veux du moins me reposer quelques instants.

RENÉ.

Toute la journée, j'appellerais cela quelques instants. Je
n'ai besoin de vous rien dire. Vous vous doutez, n'est-ce
pas, que ma vie est dans vos yeux sans pareils au monde?

LA COMTESSE, prenant la tête de René dans ses deux mains et plongeant
ses yeux dans les siens.

Regardez-moi bien... C'est qu'il a l'air convaincu. Je

crois que vous ne mentez pas trop... Vous jouez peut-être
un peu la comédie, mais pas mal du tout... Et puis (Riant.)
vous vous servirez à vous-même de public et serez la première dupe de votre petit talent.

RENÉ.

Je perdrais mes efforts à ne pas être ensorcelé. Voyons,
n'essayez pas de rompre le charme par vos ironies. Ne
plaidez pas contre vos propres séductions — et pour vous
imposer silence, laissez-moi bien vite fermer ces lèvres, à
la fois moqueuses, et tentantes comme un fruit au beau
milieu du désert.

D'Éryl s'assoit à côté d'elle.

LA COMTESSE, se reculant.

Peuh! Jamais de la vie, par exemple! Les mettre en prison? Leur liberté m'est trop chère. (Montrant ses dents.) Mes
moyens me le permettent au moins! Mais moi, je place la
pudeur beaucoup plus haut que ne le font vos Françaises,
voilà tout.

RENÉ.

Pas moyen de vous attendrir?

LA COMTESSE.

Adorez-moi dans ma sérénité. J'ai pour principe qu'une
femme doit se départir le moins possible de son rôle de
déesse ! (Avec un abandon subit.) Voici, toutefois, ce que je daigne
faire pour vous.

Elle l'embrasse sur le front.

RENÉ, lui prenant la taille.

Vous me rendez fou! (Elle se défend soudain.) Ne vous fâchez
pas, je vous obéirai. Êtes-vous donc ici pour m'apporter
moins de bonheur que quand je vous vois le soir, qu'en me
penchant sur vous, je respire les douces effluves de vos
cheveux ?

LA COMTESSE.

Mes cheveux divins? Tout à vos ordres.

Elle ôte son chapeau, ses cheveux tombent autour d'elle.

RENÉ, les saisissant, les couvrant de baisers.

Cela peut étancher un moment ma soif ! Mais avant-hier encore, à l'Opéra, je n'avais pas que ces torrents fauves pour me griser... Tandis que vous étiez absorbée dans les plaintes de *la Walkyrie*, moi, je dévorais du regard vos blanches épaules...

LA COMTESSE, riant.

Boire ma ruisselante chevelure, manger ma petite chair fraîche ! Tout un festin, alors ? Donnez-moi le temps de mettre le couvert...

RENÉ.

Il n'y a que trop de choses déjà... Laissez-moi plutôt découvrir...

LA COMTESSE.

L'Amérique ? Oh ! ces marins ! Elle se découvrira d'elle-même ! Je veux vous piloter, voiles dehors ! (*Elle laisse glisser son manteau et se montre en peignoir très décolleté.*) Tenez, voici d'abord l'épaule demandée.

RENÉ, lui baisant l'épaule.

Tant pis pour vous... Maintenant, si vous me résistez, n'accusez que vous de votre mort.

LA COMTESSE.

Antony avant la lettre. Comme c'est vieux style.

RENÉ.

Jeune ou vieux, c'est le style éternel de la passion... Il ne tient qu'à vous que tout ceci...

LA COMTESSE.

Laissez-moi tranquille, et tâchez de m'écouter. (Elle se lève d'un air sec et déterminé en s'enveloppant de nouveau dans son manteau et va se rasseoir plus loin.) Asseyez-vous là, bien sagement. Je déteste toute contrainte, et ne suis pas ici pour me battre.

RENÉ.

Je me rends à vous.

LA COMTESSE.

C'est lui le captif, à présent. (Riant.) Où vais-je donc l'enfermer? (Lui prenant les mains.) Il me semble convenable, avant de prononcer son arrêt, de me fixer moi-même par un joli réquisitoire, et puis de l'interroger à loisir... Au fait, pourquoi? Je sais à peu près, et j'ai d'ailleurs très bonne opinion de moi. Quelle est la femme, faite comme je le suis, qui n'a pas la prétention d'être irrésistible? (Changeant de ton.) Je m'ennuie à Paris,.. J'en suis vite arrivée là... Veuve, jeune, jolie... (Protestation de René.) Mettons extrêmement belle, si vous le préférez...

RENÉ.

A la bonne heure, et de plus...

LA COMTESSE.

Taisez-vous! Je n'aime pas qu'on m'interrompe quand je suis lancée. Vous aurez tout le temps plus tard de profiter de mes silences... Je disais donc que je suis pas mal, tout à fait libre, immensément riche, et que tout ce qui grouille de possible dans votre capitale me fait l'honneur de courir après moi, du moment que l'on se croit des chances...

RENÉ.

La fatuité masculine n'ayant de son côté pas de bornes...

LA COMTESSE.

En effet, ils sont quelques-uns dans ce cas... J'en ai assez

d'être à l'état de proie. Partout, des désirs écœurants et des
vanités ridicules, surtout des cupidités... mais de l'amour ?...
Où est-elle donc, la douce et consolante affection ? Je maudis ces biens qui n'ont fait qu'empoisonner mes jours... Ah !
mon ami, j'ai compté de bien tristes moments dans ma
courte existence... jamais, je vous le jure, autant qu'à
présent... J'ai sérieusement envie de me tuer... Allons, voilà
du Schopenhauer ! Ce n'est guère mon genre, et j'ai du courage, d'habitude !... Quoi que je fasse plus tard, je voudrais
tout de suite voyager... quinze jours... deux mois... cela dé-
pendra... Qui pensez-vous que j'aie choisi comme compa-
gnon de route ?

RENÉ.

Que sais-je ?

LA COMTESSE.

Menteur ! Mais voilà, c'est un palliatif, ce n'est pas un
remède... Et l'avenir ?... (Après un peu de réflexion, regardant René
bien en face.) Vous sentiriez-vous capable, vous, de prendre un
parti énergique ?

RENÉ, baissant la tête, puis lentement.

Je vous adore... une seule chose serait là pour troubler
mon bonheur, pour me rendre maussade — oui, même
avec vous — c'est que vous puissiez un jour penser à vos
richesses, et m'estimer ambitieux d'elles comme les autres
— ne différant de ceux-là que par la façon de m'y prendre
ou de les prendre. C'est ce qui m'a fait taire si longtemps et
m'aurait fait taire toujours...

LA COMTESSE.

Si je n'avais pas deviné... (Haussant les épaules.) Quelle idée !
Qui pourrait vous soupçonner, vous ?

RENÉ.

Cela n'en ressemblerait pas moins à quelque marché...
Plus vous me plaisez, et moins je vous veux ainsi.

LA COMTESSE.

C'est que vous ne m'aimez pas comme vous le prétendez,
et pas assez pour vous affranchir du qu'en-dira-t-on...
Peut-être ne m'estimez-vous pas non plus... parce que je
fais pour vous, bien simplement et sans grimaces, ce que je
m'étais cependant promis de ne faire en faveur de personne.

RENÉ.

Pour ne pas être un fat, je ne mérite pas d'être pris
pour un sot, et je sais reconnaître la rare grandeur de votre
héroïsme d'aujourd'hui.

LA COMTESSE, souriant.

Si les conscrits n'allaient pas au feu, il n'y aurait jamais
de vieux soldats! Ah! je plaisante, — je n'en ai guère envie,
allez!

RENÉ, souriant à son tour.

Eh bien, parlons sérieusement. Je vais vous faire, à vous —
que je ne confonds avec aucune autre — des conditions...
bizarres... comme votre personne. Vos trésors vous sont à
charge? Alors jetez-les à votre cousine... ou si vous craignez
de vous mettre par trop en ma dépendance, n'en gardez
qu'autant que j'en possède moi-même. Aussitôt nous partons, et je vous épouse.

LA COMTESSE.

Vous vous moquez de moi fort agréablement, ô seigneur

Christ de l'amour, pour qui l'on devrait tout quitter sur terre!

RENÉ.

Pour moi, non. C'est pour vous, qui vous disiez triste jusqu'à la mort. Je veux vous ôter votre tunique de souffrances... En tout cas, pour être originale, ma proposition n'en est pas moins sincère.

LA COMTESSE.

Vous seriez bien attrapé.

RENÉ.

Essayez.

LA COMTESSE.

Ai-je votre parole d'honneur?

RENÉ.

Je vais vous la donner par écrit.

LA COMTESSE, se jetant à son cou.

Je n'en veux pas. Nous en reparlerons plus tard. C'est bien moi, moi seule que vous aimez, vous! En attendant, le monde n'aura qu'à bénir, s'il lui plaît, notre union illégitime!

RENÉ.

Ah! tout ce que vous voudrez, pourvu qu'aucune ombre dorée ne vienne attrister nos amours!

LA COMTESSE,

Maintenant, laissez-moi partir. A demain! Ma porte sera défendue pour tous, excepté pour vous.

RENÉ.

Ne partez pas, je vous en conjure! vous me feriez trop
de mal!

LA COMTESSE, négligemment.

Vous êtes si pressé? Oui? Alors, je reste.

ACTE TROISIÈME

———

Premier Tableau.

Chez René d'Éryl, comme à la fin de l'acte précédent. A droite, une table à déjeuner avec le couvert intact.

SCÈNE PREMIÈRE

RENÉ D'ÉRYL, déchirant une lettre et sonnant. Entre le valet de chambre, ancien matelot.

RENÉ.

Ma canne et mon chapeau, je ne déjeune pas.

Un timbre sonne dans l'antichambre.

LE VALET DE CHAMBRE, va s'enquérir et revient, annonçant.

M. le comte de Quilien.

4

SCÈNE II

RENÉ, QUILIEN.

QUILIEN.

Bonjour, mon petit René. Pas encore à table. J'arrive à temps.

RENÉ.

J'allais sortir.

QUILIEN.

Bon! Tu la retrouveras plus tard. J'ai précisément à te parler d'elle.

RENÉ.

Enfin, soit. (Au valet de chambre.) Nous déjeunons ici.

LE VALET DE CHAMBRE.

Bien, mon commandant.

QUILIEN.

Dépêche-toi, matelot. N'ajoute qu'un œuf et une côtelette. Tu trouveras bien quelque viande froide à la cambuse, des pommes de terre, du bon fromage et des fruits, n'est-ce pas ?

LE VALET DE CHAMBRE.

Oui, mon colonel.

Il va pour sortir.

QUILIEN.

Ah! dis donc, je te recommande mon café.

LE VALET DE CHAMBRE.

Mon colonel peut avoir confiance, ce sera fait comme à bord.

Il sort.

QUILIEN.

Je n'ai plus d'estomac, mon cher.

RENÉ.

C'est que tu l'auras perdu quelque part. Tu le promènes tant. Heureusement que le cœur est bon, et celui-là, je le sais, les amis le retrouvent toujours.

QUILIEN.

Parbleu! Plus souvent qu'ils ne le veulent parfois! En tout cas, pour le moment, il est mieux employé que le tien, ce dit-on.

RENÉ.

De quoi se mêle-t-on?

QUILIEN.

De ce que l'on vous met sous le nez, ventrebleu. Veux-tu la phrase dont je viens d'être assassiné, tandis que je montais ma vieille jument, de l'Étoile à la Potinière? La voici : « Madame de Medilla passait, il n'y a qu'un instant, avec ses poneys — où donc est d'Éryl? »

RENÉ.

Eh bien?

QUILIEN.

Eh bien, mon cher, tu es incrusté — voilà tout — comme de la marqueterie, et tu t'affiches jusque par ton absence ! De façon que si la séduisante Luisita, jadis entourée d'un bataillon, se promenait maintenant avec un autre que toi, il semblerait que ce soit une infidélité qu'on te fasse.

RENÉ.

Comme à toi, si madame de Medilla se permettait de don-
der un vrai dîner sans t'inviter.

QUILIEN.

Un instant, moi je dîne, mais je n'aime pas.

RENÉ.

Chacun fait ce qu'il peut. Et puis, que m'importent les
sottes observations des flâneurs?... Je ne vois pas pourquoi
l'on trouverait extraordinaire ou même remarquable que
j'accompagne une jeune et charmante étrangère qui ne doit
de comptes à personne. Les Français ne tiennent-ils plus à
leur réputation de courtoisie et d'hospitalité?

QUILIEN.

Soyons justes : au vu de tous, elle est jeune, belle, veuve
et riche. Vous avez droit à des envieux, tous deux.

RENÉ.

Ah! j'espère que l'on ne m'accuse pas d'en vouloir à
ses écus?

QUILIEN.

Ce serait peut-être mieux accueilli. Les amis, au moins,
en profiteraient par ricochet.

RENÉ.

Merci. Je ne suis pas tenu de travailler pour eux. Quelle
tarentule te pique, ce matin? As-tu quelque fille à marier?
Tu lui offrirais, en ma personne, un triste cadeau.

QUILIEN.

Je ne suis pas de ton avis. Mais enfin, mon cher ami, tu
comprends que si j'entame avec toi ce sujet, ce n'est ni pour
te taquiner, ni pour m'ouvrir l'appétit. C'est moi qui t'ai
présenté chez madame de Medilla — un beau coup que j'ai fait

là. — Quand je pense que ton père m'avait recommandé de veiller sur toi comme il l'a fait sur moi-même! Le diable m'emporte si j'avais prévu que tu t'emballerais à ce point!

RENÉ.

Voilà le monde et sa morale! Traiter les femmes légèrement, c'est parfait! Se montrer à leur égard vraiment dévoué, c'est à qui vous excommuniera sans pitié.

QUILIEN.

Traiter les femmes sérieuses légèrement, c'est mal. Traiter sérieusement les femmes légères, c'est bête. Allons, mon cher, le monde a sans doute ses raisons pour ne pas appliquer de la haute morale à tous les murs. Il lui suffit parfois d'établir certains règlements de voirie. Quelle est la consigne des gardiens de la paix dans les endroits trop fréquentés? « Circulez, messieurs, circulez! » Chacun veut passer à son tour... tu fais de l'encombrement.

RENÉ.

Au nom de mon père et venant de toi, je puis supporter beaucoup de choses. Pourtant, je ne te cache pas que tu m'agaces fort avec tes plaisanteries... blessantes.

QUILIEN.

Alors, je parle gravement. Une femme dans la position de madame de Medilla, tant qu'elle est à tous...

RENÉ.

Comment, à tous?

QUILIEN.

... En coquetterie seulement, si tu veux, mais à tous, le monde l'accepte plus ou moins. Du jour où cette femme s'avise d'être à un seul, elle est perdue. Tant pis pour elle qui ne devait pas faire naître tant d'espérances, et tant pis pour le monsieur qui les détruit. Ah! si tu l'épousais, comme je

4.

te le disais, on s'inclinerait, à moins que je ne t'étrangle auparavant. Jusque-là, tu n'as pas le droit d'arrêter les lan-
gues. Paris a beau être la Babylone moderne, il est ou doit
être toujours un peu aux vrais Français, que diable!.. Tu
t'imagines n'avoir aucun tort et te conduire tout bellement
comme un preux chevalier, en nous imposant ta dame et
ses couleurs? Tu te trompes. Nous sommes encore pas mal
à penser à nos familles et aux exemples à leur donner en
public.

RENÉ.

Et c'est en l'honneur et pour la sauvegarde de la prude et
vénérable Lutèce que tu me débites ces sermons, toi?

QUILIEN.

Mon cher, je suis un singulier frère prêcheur, et Paris
n'est pas un temple. Mais il y a moins de mal quand chaque
chose reste à sa place. Je ne parle certes pas de la bonne
société venant de tous les coins du monde, à laquelle nous
tenons et dont nous sommes fiers. Ce qui se met à tout
brouiller, c'est ce tourbillon de certaines étrangères plus funestes que nos cascadeuses, parce que leur hypocrisie veut
forcer nos égards, et plus dangereuses que nos cocottes, parce
qu'elles ne portent pas d'étiquette sur le dos. Les non mariées? Flirt à l'américaine! Les mariées? Elles nous chantent
que là-bas, tout là-bas, on ne fait pas une vilaine cour aux
femmes et que conséquemment « Honni soit qui mal y
pense ». Taratata! Primo, elles ne sont pas dans leur pays.
Secundo, je les connais leurs pays. Il ne faut pas qu'elles
nous la fassent aux paradis lointains. Là-bas, on voit aussi
des filles ou des femmes qui se font compromettre. Mais, au
premier avertissement charitable, elles doivent ou rompre,
ou conclure, ou filer.

RENÉ.

Adopté pour les filles et les femmes. Mais les veuves ont

partout droit à plus de latitude. Or, madame de Medilla
étant...

QUILIEN.

Parfaitement! nous y voilà! Une veuve de comédie, c'est
connu!

RENÉ.

Cela te suffit à dire, n'est-ce pas? Et ce serait ridicule de
ne pas se rendre aux absurdes calomnies de ce Paris, pire
qu'une ville de province, parce qu'on n'y risque rien à
mentir et qu'il y aurait trop de temps à perdre pour passer
au contrôle. Sur la foi d'auteurs fameux, tu veux classer, ou
plutôt déclasser la dame en question. Il n'y a qu'un petit
malheur à ta citation, c'est que l'on m'a montré l'acte de
quittance authentique des sommes payées au Trésor espagnol
par le notaire de la comtesse de Medilla, née Helen, Luisa
Bristed... et pour autre constatation, toutes les lettres cou-
rantes des banquiers de Madrid et de Londres. Voilà qui ne
souffrirait guère, tu l'avoueras, une substitution de personne...

QUILIEN.

De personne, sans doute... mais d'état? on n'hérite pas
que de son mari... Hum! d'après ce que m'ont raconté certains natifs de La Havane... ce n'est pas l'acte, c'est le notaire que j'aurais voulu connaître.

RENÉ.

En attendant, prends tes informations à l'ambassade d'Espagne, où la comtesse est reçue à bras ouverts.

QUILIEN.

A bras ouverts... justement! Les diplomates sont fort galants, en général, et pour peu qu'une compatriote, étant
archi-millionnaire d'ailleurs, soit à la fois aimable et jolie,
la rigueur n'est pas de saison, à Paris surtout, où la Cour

n'a plus, que je sache, jusqu'à présent du moins, de contrôle gênant à exercer, comme ailleurs...

RENÉ.

Si tu te lances dans les considérations politiques...

QUILIEN.

Ne romps pas les chiens toi-même... Enfin, soit! Quand
on admettrait la fausseté de ces potins, qui mal à propos
discrédités sous le nom de canards, passent admirablement
comme ces derniers les mers les plus étendues, l'existence
que mène ta comtesse en est-elle plus exemplaire? A quoi
bon la liberté sans limites pour une femme, sinon à en faire
abus? Il y a toujours eu plus de gens autour d'elle que de
mouches autour d'un morceau de sucre.

RENÉ.

Ces mouches-là pouvaient en être pour leur courte con-
voitise.

QUILIEN.

Elles n'avaient pas l'air de mourir de faim... Crois-moi,
René. Depuis mon veuvage — authentique — à moi, car
j'avais payé ma dette à la société, — j'ai beaucoup vécu —
toujours avec la même femme, c'est vrai, — mais comme
toutes celles qui se donnent se ressemblent à peu de chose
près, tu peux t'en rapporter à ma vieille expérience. La sa-
gesse consiste à ne pas se croire une exception... Quand il
y en a pour un...

RENÉ.

Tu parles des femmes au hasard de tes pratiques solda-
tesques! Tiens, je n'ai rien à te cacher, mon cher Quilien,
car je te connais discret comme la tombe et fidèle comme un
chien. Eh bien, tu ne parlerais pas de la sorte, si tu avais
rencontré, comme je viens de le faire, tant de franche har-

diesse, mêlée à de telles ignorances, et je dirai presque de chasteté.

QUILIEN.

Bon! La franche hardiesse, moi j'appelle ça du cynisme. C'est pour elle-même, parce que ça va plus vite et que c'est plus amusant. — Les ignorances, c'est pour toi — et quant à la chasteté, disons la pudeur, ça suffit largement, pas vrai? eh bien, si ce n'était tout bonnement de la froideur, il faudrait qu'elle fût de belle étoffe et de bon teint pour avoir passé, sans se détériorer, par tant d'averses! Autre chose de moins nuageux : on n'a fait que la coudoyer et la déguster à tous les bals de l'Opéra, en dépit des dentelles les plus chargées d'arabesques.

RENÉ.

C'est le tapage même de ces dentelles qui l'absout. Tu vois qu'elle n'avait pas besoin de se cacher, pour une ou deux fois qu'elle s'y est rendue, bien entourée. Elle a été la première à m'en parler.

QUILIEN.

Naturellement. Ceci n'est que de force assez moyenne! Va donc conter à notre vieux perruquier des zouaves, qu'elle y allait dans l'espoir d'y rencontrer son idéal! (Le valet de chambre sert le déjeuner et sort.) A la bonne heure! A table! et passons à des sujets moins irritants. *Ils s'assoient et déjeunent.*

RENÉ.

Oh oui, bien volontiers!

QUILIEN, mangeant et buvant ferme.

Je viens de me donner beaucoup de peine tout à l'heure, non loin de chez toi. Figure-toi qu'il m'a fallu ramasser les restes du comte de Saint-Omer, y compris sa canne et son chapeau, qui s'étaient laissés choir tous à la fois et qui ne pouvaient parvenir à se rattraper.

RENÉ, riant.

Le comte n'était pas trop cassé, j'espère?

QUILIEN.

Pas plus qu'à l'ordinaire.

RENÉ.

Et sa fameuse maîtresse n'était pas là pour vous aider?

QUILIEN.

Sa maîtresse? Dis plutôt une amie... d'enfance, au vieux bébé!

RENÉ.

Il ne serait pas content, s'il entendait le mot?

QUILIEN.

Sois tranquille, il est sourd... et puis il ne comprendrait pas.

RENÉ.

Étais-tu chez sa nièce de Fontenailles, hier soir?

QUILIEN.

Un instant seulement. Le temps d'y rencontrer entre autres la petite Lostange, tout de noir habillée. Tu sais qu'elle vient de perdre coup sur coup ses plus proches parents. Devine ce qu'elle a cru devoir répondre à mes condoléances? C'est qu'à force de se voir en robes de deuil, elle finirait par s'attrister.

RENÉ.

Elle n'est pas une étrangère, celle-là.

QUILIEN.

Oh! ça n'a pas de patrie bien avérée... les bécasses! Et puis, tu sais, tu y reviens, toi, aux étrangères. Châteaubriand a dit que l'application à une seule pensée ruine l'esprit de l'homme.

RENÉ.

Oh! oh!

QUILIEN.

Oui, mon cher, je donne dans la littérature. Je m'apprête à lire, en finissant la vie, comme le soir on lit pour s'endormir. (Après s'être versé à boire.) Un nectar, ce vin! Ton âme est généreuse et se venge noblement de mes grogneries! (Prenant la bouteille.) Parions que c'est une de tes camarades de traversée. (En offrant à René.) Bois donc, cela te déridera.

RENÉ.

Un dernier mot, mon cher Quilien. J'ai patiemment écouté, tu me l'avoueras, les remontrances de ta vieille affection. Tu veux m'envelopper dans le réseau des convenances et des prudences surannées...

QUILIEN.

C'est cela! Tout est suranné maintenant! Les principes, les bonnes façons, Auber, Musset, les roses et les lys de France! Il nous faut de l'étrange en tout, et de l'étranger... du Wagner, de l'Ibsen et des orchidées!

RENÉ.

Sois donc sérieux un moment... Le sujet en vaut la peine, pour moi du moins.

QUILIEN.

Et pour moi, par conséquent. Va, je t'écoute.

RENÉ.

Eh bien, ayant vu dans le monde entier autant d'égoïstes et divers préjugés que de pays parcourus, je me suis mis à vivre dans des courants plus larges, et des aires plus géné-

reuses. Que ce soit là sentiment de charité divine ou pure-
ment humaine, j'écoute aujourd'hui l'appel fait à ma protection par un être livré à tous les intérêts sans cœur et
sans entrailles, par une femme bien supérieure aux libéra-
lités funestes du sort. La question est de savoir si la voix
que j'entends est sincère — en un mot — si l'on m'aime.
Eh bien, j'en suis certain. Entre la niaiserie, et ce que tu
peux nommer ma naïveté de marin, il y a un abîme... dans
le genre de ceux-là mêmes que nous sommes habitués à
froidement interroger au péril de notre existence. Bref, si je
subis le charme de la comtesse de Medilla, c'est que j'en
connais les sources profondes... et je compte rester sous ce
charme...

QUILIEN.

Jusqu'à ta prochaine campagne de Chine, sur laquelle je
compte...

RENÉ, embarrassé.

Tu as tort... car je viens d'écrire au ministère et de demander ma permutation dans les bureaux...

QUILIEN.

Tu veux te mettre en cage? Un beau métier, pour un
oiseau de mer comme toi! A quoi cela te mène-t-il ?

RENÉ.

A l'avancement, comme tant d'autres malins.

QUILIEN.

Tu me fourres dedans comme un conscrit! Je sais, aussi
bien que toi, que tu ne peux passer capitaine de frégate sans
naviguer encore deux ans !

RENÉ.

Peuh! J'attendrai...

QUILIEN.

Des cheveux blancs? C'est toute ta carrière que tu perds, en dépit des serments faits à ton père mourant. (Se levant et jetant sa serviette.) Malédiction! Je n'ai plus faim! Allons, mon pauvre enfant, tu es encore plus pincé que je ne croyais! Mais enfin, tu es le fils du plus brave homme de la terre, appartenant toi-même à ce corps qui est une des élites de la France. Si tu venais à découvrir en tout cela quelque chose de positivement contraire à...

RENÉ.

N'achève pas. Tu sais bien qu'en certains cas je saurais m'arracher aux amarres, quand j'y devrais laisser des lambeaux de ma chair.

QUILIEN.

A la grâce de Dieu! Donnons-lui, du moins, le temps d'agir. (Sur le devant de la scène, consultant sa montre, à part.) Quelle heure est-il? Midi et demi... Je puis encore trouver l'amiral en son particulier et veiller avec lui sur ce garçon-là. (A René.) J'aurais trop à me fâcher, je préfère ne pas écorner davantage notre amitié... Au revoir! (Il prend son chapeau et sa canne et se dirige brusquement vers la porte. Au moment où le valet de chambre rentre, un plat à la main, il se heurte à lui et le repousse.) Fais donc attention, imbécile!

                                        Il sort.

SCÈNE III

RENÉ, LE VALET DE CHAMBRE.

LE VALET DE CHAMBRE.

Tonnerre de Brest! C'est-y possible? Le colonel qui s'en va sans avoir pris son café! Est-il mal bordé aujourd'hui!

RENÉ, à part, soupirant.

Toute ma carrière? Ah! bah, nous y penserons plus tard...

LE VALET DE CHAMBRE.

Alors, comme ça nous ne naviguons plus, pour l'heure?

RENÉ.

Tu écoutes aux portes?

LE VALET DE CHAMBRE.

Non, mon commandant, j'ai pas écouté... mais j'ai entendu, il y avait de quoi. (Tirant une lettre de son tablier.) Ah! encore une lettre que j'oubliais.

Il la donne et sort.

RENÉ, ayant décacheté la lettre.

Lettre anonyme! Quelque haineux mensonge!

Allant pour la déchirer, puis se ravisant et lisant.

« Mon cher d'Éryl, vous êtes un marin, autrement dit un romanesque... Mais en homme de qualité, vous devez tout savoir, sans vous être donné la peine de l'apprendre. Vous vous y connaissez donc admirablement en bijoux. Demandez à la comtesse de Medilla de vous montrer parmi les siens, sous une clef qu'elle ne quitte jamais, certaines turquoises étonnantes, mêlées à des diamants d'une eau extraordinaire, qu'elle n'a pas portées jusqu'ici, pour cause, et qui sont enfermées dans un écrin à des armes royales. Elle s'empressera sans doute de vous les montrer et d'en expliquer la provenance. Si par hasard elle s'embrouillait, le marquis de Capdevila, qui n'est jamais loin, serait à même de compléter les renseignements. — Une véritable amie. » (Froissant la lettre.) Ceci passerait toute croyance!

Il tombe sur un fauteuil.

Deuxième Tableau.

Boudoir chez la comtesse de Medilla.

SCÈNE PREMIÈRE

LA COMTESSE, LE BARON SAMUEL, RODANI.

RODANI.

Bref, ils y allaient si gaiement que tout devait se découvrir. Madame Westbridge...

LA COMTESSE.

Vous allez nous conter quelque drame terrible. On n'a pas trop abîmé la pauvre femme, j'espère... Elle était si délicieuse!

RODANI.

Rassurez-vous. D'abord, ayant tous les torts, c'est elle, naturellement, qui ne manquera pas d'obtenir le divorce à son profit. Pour le moment, quand on lui demande des nouvelles de son mari, madame Westbridge répond qu'il est sorti un soir pour fumer son cigare... et qu'il n'est pas rentré depuis...

LE BARON SAMUEL.

Cette jolie dame a de l'esprit, par surcroît.

LA COMTESSE.

Et lui est un homme de goût. Ne trouvez-vous pas, mon cher Rodani, que de splendides personnes comme madame

Westbridge doivent échapper à la Justice pour relever entièrement des Beaux-Arts ?

RODANI.

Oh! moi, madame, je suis d'un pays célèbre de toute antiquité pour son adoration de la beauté. (D'un ton marqué.) Vous savez plus que toute autre, comtesse, si j'ai le droit de passer pour en avoir précieusement gardé la tradition!

LA COMTESSE, ironique.

Moi, plus que toute autre... vraiment? Je ne saisis pas!... Les femmes en général vous seraient peut-être plus reconnaissantes si vous leur donniez franchement le pas sur les chiens et les chevaux de race.

RODANI.

A propos de chevaux, êtes-vous toujours satisfaite des poneys?

LA COMTESSE, agacée.

Les vôtres?

RODANI.

M'ont-ils jamais appartenu?

LA COMTESSE.

Nous ne l avons pas oublié. Veuillez m'excuser d'avoir été si longue à me mettre en règle avec vous. Dès demain, l'attelage vous sera rendu.

RODANI, se levant.

Allons, chère comtesse, vous êtes de méchante humeur ce matin. Nous avons eu tort de pénétrer par une porte qui n'était qu'entr'ouverte, et pas pour nous évidemment. (Il baise la main de la comtesse.) Au revoir.

LA COMTESSE, sèchement.

Adieu.

RODANI.

Grand merci, madame! (A Samuel.) Vous ne venez pas,
baron?

SAMUEL.

Je vous retrouverai tout à l'heure au cercle.

Rodani salue et sort.

SCÈNE II

LA COMTESSE, SAMUEL.

Ce dernier frappe le tapis à petits coups avec sa canne.

LA COMTESSE.

Finissez donc, mon cher! On dirait que vous battez les
marais pour y faire taire les grenouilles!

SAMUEL.

Je voudrais bien réduire au silence toute la gent qui parle
trop de vous. (Mouvement d'impatience de la comtesse. Après un silence.)
Pauvre Rodani! Un de vos plus dévoués. V'lan! à la porte!
A qui le tour maintenant?

LA COMTESSE.

Pas à vous, vous êtes trop bon garçon.

SAMUEL.

Oui, c'est ma faiblesse.

LA COMTESSE.

Au contraire, c'est votre force.

SAMUEL, aigrement.

Heureusement que j'ai d'autres qualités... plus spéciales...
et dont mes amis et amies ne se trouvent pas mal.

LA COMTESSE.

Ah! ah! vous vous mettez à récriminer aussi? Vous avez tort, je suis affreusement nerveuse ce matin.

SAMUEL.

Déjà? Cela ne va donc plus?

LA COMTESSE, hautaine.

Qu'est-ce qui ne va plus? Vous feriez mieux de rentrer dans vos petites spécialités, y compris la bonhomie.

SAMUEL.

Mais non, je cède la place à d'autres. Vous avez actuellement à traiter avec des gens d'une telle intelligence... si bien ouverte par l'expérience des voyages, qu'ils sont sans doute beaucoup mieux que nous au courant des affaires du monde entier.

LA COMTESSE.

Voilà ce que je compte ne jamais apprendre... Quand ce ne serait que pour ne pas avoir à m'entendre réclamer des honoraires.

SAMUEL.

Peut-être, à certains, les accordez-vous d'avance?

LA COMTESSE.

Merci! Et les vôtres? Parlons-en. Il est grand temps de le faire. (Se levant et prenant un carnet de chèques dans un tiroir.) Vous m'avez, en tout, fait gagner trois cent mille francs, si j'ai bonne mémoire, mon cher ami. (Écrivant et passant un chèque au baron.) Partageons! Est-ce suffisant?

SAMUEL.

Non.

LA COMTESSE.

Alors je doublerai le chèque. Rendez-moi celui-ci.

SAMUEL, *déchirant le chèque.*

Vous ne me fàcherez pas, inutile d'essayer!... Cet argent n'est pas à moi... La seule récompense que j'ambitionnais, c'était votre immuable affection. Vous n'avez pas le moindre droit de m'offrir autre chose!

LA COMTESSE.

Vous êtes du dernier galant! Mais, moi aussi, je trouve que c'est trop ou trop peu. Nous en reparlerons. Ne m'ennuyez pas, Samuel. Je vous le répète, vous tombez mal.

SAMUEL.

Tant pis! Un jour ou l'autre, je tomberai mieux, vous verrez. Vous nous reviendrez, en redevenant pratique. Les hautes cimes battues par les orages, ébréchées par la foudre, ne sont pas un séjour favorable aux charmants bengalis de votre espèce... Ils vivent mieux en de plus confortables régions.

. LA COMTESSE.

Près de terre, ils auraient trop de vilaines bêtes à craindre.

SAMUEL.

Ils n'ont qu'à les éviter en restant près des petits camarades, au sein des bosquets protecteurs!

LA COMTESSE.

Je n'envisageais pas le baron Samuel sous l'abri poétique d'un bosquet!

SAMUEL.

Pourquoi pas? La première des poésies en ce monde, c'est l'argent, qui fabrique toutes les autres. Au fait, voyons, ma chère, n'étiez-vous pas de notre avis, dès l'abord, en vous intronisant archi-millionnaire? Avouez-le.

LA COMTESSE.

Je n'avoue rien. Si j'ai rencontré la richesse, comme vous vous plaisez à me le rappeler, c'était en cherchant tout autre chose — que, si vous daignez le permettre, je veux maintenant me remettre à poursuivre, à l'exclusion du reste.

SAMUEL.

Vous êtes libre, évidemment. Puissiez-vous toutefois en arriver à garder cette liberté... J'en doute, pour ma part.

SCÈNE III

LES MÊMES, D'ÉRYL.

SAMUEL.

Ah! la voilà, votre liberté. (Il se lève et serre la main de la comtesse — d'un ton très accentué.) Je vous dis *au revoir*, moi aussi... quand vous voudrez.

Après avoir salué très bas M. d'Éryl qui lui rend correctement son salut, il sort.

SCÈNE IV

LA COMTESSE, RENÉ D'ÉRYL.

LA COMTESSE.

Enfin, c'est vous, mon cher René ! J'avais fait un mauvais rêve... où nous nous fâchions.

RENÉ, très froid.

Les rêves ne mentent pas toujours.

LA COMTESSE.

Voyez-vous ça ! Pour ma part, ils mentiront aujourd'hui...

Savez-vous qu'il s'est écoulé tout un siècle depuis que je ne
vous ai vu? Avant-hier, vous deviez déjeuner ici. Encore
votre famille?

RENÉ.

Non, Quilien qui s'était invité chez moi de vive force, au
dernier moment.

LA COMTESSE.

Par les mille diables, comme on dit à la Havane, Quilien
est bien l'un d'entre eux... Il m'en veut aussi de le négliger,
celui-là... Je l'appellerai pour demain... Mais laissons-le...
asseyez-vous. (Elle le fait asseoir à côté d'elle et se serre contre lui.)
Gentil à vous de m'avoir fait prier à l'ambassade d'Autriche.
Vous m'y mènerez vous-même?

RENÉ.

Peut-être!

LA COMTESSE.

Que signifie ce peut-être? Oh! d'abord, ni querelles, ni
jalousies pour l'heure. Regarde-moi, je suis trop en veine
de t'adorer — et je me soucie moins que jamais des efforts
de la coalition, comme nous l'appelons, et qui ne m'oublie
pas, tu peux le croire. Les alliés auront beau faire, ils ne
nous amèneront jamais à séparer nos troupes et, réunis,
nous sommes invincibles.

RENÉ.

A moins que vous ne trahissiez vous-même.

LA COMTESSE.

En ce cas, pas de danger. Vous êtes lugubre, vous, quand
je vous montre enfin toute ma tendresse. Aurais-je eu
trop bonne opinion de vous? Faudra-t-il, hélas! retomber
dans une avilissante, insupportable coquetterie?

5.

RENÉ.

Pas besoin pour moi.

LA COMTESSE.

Ni pour personne, mon René! Mais qu'as-tu donc aujour-
d'hui? Ah! mon Dieu! la vieille histoire! Tu viens m'annoncer que l'on te marie?

RENÉ.

Pour cela, non. J'ai trop de ruines amoncelées dans l'âme.

LA COMTESSE.

Alors, c'est tout simplement que tu ne veux plus de moi?
C'est dommage! Prends garde seulement, car nulle ne te
remplacerait ta chère créole et, j'en ai la prétention, après
moi, la solitude ne te serait plus possible. C'est vrai que, de
son côté, la petite liane enlacée à ton cœur retomberait à
terre sans chercher un autre appui. Elle se dessécherait vite
sous les frissons glacés de vos pays du Nord. Peut-être parce
que, comme moi, tu t'étais imprégné de nos chaudes con-
trées, nous nous refaisions ensemble une atmosphère bien-
faisante. Près de toi, je retrouvais mes journées splendides
de souveraine indolence, mes nuits au manteau de velours
parsemé d'étoiles épanouies, qui semblent retomber jusqu'à
vous pour se faire respirer comme des fleurs, et dont la plus
petite se reflète en longue traînée sur les ondes. Je les re-
voyais, ces flots qui viennent jeter leurs baisers et leurs
pierreries phosphorescentes aux plages mystérieuses de ma
bien-aimée Louisiane! (Se mettant à genoux près de lui.) En vérité,
je ne peux me figurer que nous n'ayons pas toujours été l'un
à l'autre! Tu le vois, je te mêle dans mes pensées aux sou-
venirs chéris de mes premières années!... C'est de l'enfan-
tillage, mais c'est si bon. Je suis tellement heureuse avec
toi! Je t'aime en femme, en sœur, en petite fille! Je ne me
sépare pas plus de toi dans le passé que dans l'avenir.

RENÉ, l'écartant et se levant.

Bravo! Sarah Bernhardt n'aurait pas mieux dit. Tout à fait nature, la tirade!

LA COMTESSE, se levant aussi.

René, qu'y a-t-il enfin! Il en faut beaucoup moins pour m'offenser mortellement.

RENÉ, s'échauffant.

Je voudrais savoir ce que tu déclames aux autres! Tiens, au marquis de Capdevila, par exemple!

LA COMTESSE.

Le marquis de Capdevila? Vous êtes bien le seul ici pour penser à lui! Moi, je ne me souviens de ce grossier personnage que par un hasard. C'est la veille de notre premier rendez-vous que je l'ai rayé de mes listes. Il n'est pas même à Paris, que je sache.

RENÉ.

Il était hier chez vous.

LA COMTESSE.

Mensonge! Hier, comme je vous en avais prévenu, j'ai passé toute ma journée à Meudon, chez mademoiselle Simery.

RENÉ.

Vous me l'aviez fait croire. Ce matin, il était ici dès onze heures.

LA COMTESSE.

Je ne suis rentrée du Bois que passé midi, et je vous attendais.

RENÉ.

Vous qui prétendiez vous tant émouvoir au souvenir des joyaux fabuleux répandus par la mer sur vos rivages, ne

daignez-vous pas parfois être plus pratique et faire quelque
attention à ceux que vous pouvez trouver en ce pays-même,
à vos pieds ?

LA COMTESSE.

Est-ce un reproche? Quelque vil regret de vous être montré galant à certains jours? Ah! l'on m'avait bien dit qu'il
n'y avait plus de gentlemen en France! Mais vous, je ne
l'aurais jamais cru...

RENÉ.

Taisez-vous donc! Est-ce que je pense à ces bagatelles? Il
paraît que vous estimez fort les turquoises, Luisita, surtout
quand elles alternent avec des diamants incomparables et
qu'elles ont paré le cou d'une souveraine!

LA COMTESSE, se troublant.

Qui vous a parlé de ces bijoux? Comment savez-vous?...
Quand les avez-vous vus?

RENÉ, avec explosion.

Ah! vous les connaissez donc! Allons, plus de mystère!
Vous les avez là, chez vous, à côté des autres. Ils ne vous
viennent pas de famille, ces derniers — à moins que le
marquis de Capdevila ne soit un de vos oncles... à la mode
de la Havane!

LA COMTESSE.

Vous êtes fou ! Je devrais vous mettre à la porte... Vous
ne perdrez pas pour attendre... Auparavant, montrez-moi
vous-même ces fameuses turquoises. (Elle court à un meuble,
prend une clef et ouvrant les battants.) Voici mes écrins, cherchez
donc. Je ne pouvais au moins m'attendre à cette inspection.
(Elle tire chaque écrin l'un après l'autre.) Ceci, ma rivière, achetée
chez Mortimer — cela, vos perles, que j'aimais tant... Cela...
Elle saisit tout à coup l'écrin blasonné qu'elle ouvre et qui fait paraître les turquoises.
Elle reste interdite.

RENÉ, lui prenant les mains.

Cela, c'est bien l'objet en question, enfermé dans un écrin aux armes princières... Vous n'êtes pas adroite.

LA COMTESSE, l'écrin entre les mains, revient tomber sur un fauteuil.

D'où vient?... Ah! Flora!

RENÉ.

C'est hier que j'étais fou, quand je faisais de vous toute mon existence!

LA COMTESSE, d'une voix sourde.

Soit! On veut à tout prix me faire passer pour une fille... je ne me défendrai pas... A quoi bon désormais? Ou bien tout est vrai, alors vous n'avez plus qu'à vous en aller, — ou bien c'est le résultat d'un abominable complot, et je ne vous pardonnerai pas, moi, d'y avoir si facilement ajouté foi.

RENÉ.

Parlez! Parlez donc! Prouvez-moi que j'ai tort d'en croire mes yeux!

LA COMTESSE.

Non, pas un mot, je suis une fille, rien qu'une fille. Et vous êtes un fameux imbécile de m'avoir tant aimée... Tenez, le marquis de Capdevila est un de mes nombreux amants. Je le reçois sans cesse en me cachant de vous... Au fait, pourquoi me cacher? Quels comptes avais-je à vous rendre? J'espère bien qu'il va revenir, ce monsieur... Que n'est-il là, puisque aussi bien je ne l'ai pas vu depuis des heures!

SCÈNE V

LES MÊMES, UN DOMESTIQUE, CAPDEVILA.

LE DOMESTIQUE, annonçant.

M. le marquis de Capdevila.

RENÉ.

Parbleu! Je ne vous estimais pas à ce degré d'impudence...
Et l'homme aux turquoises arrive à point nommé.

LA COMTESSE, se tordant les mains, dans un accès de rage, avec un cri
de désespoir.

Ah! cela devient un cauchemar!

Le marquis entre et salue.

LA COMTESSE, très hautaine.

Qui vous a permis d'entrer ainsi, monsieur?

CAPDEVILA.

Mais vous-même, madame, qui m'aviez à l'instant donné
rendez-vous par écrit.

LA COMTESSE.

Vous divaguez, je pense... Allez-vous soutenir aussi, que
vous étiez ici, hier, et ce matin?

CAPDEVILA.

Je ne sais vraiment pas pourquoi vous désirez me faire
dire... Rapportons-nous en plutôt à miss Merton.

LA COMTESSE.

Quelle infâme trahison! Vous allez sortir et ne jamais
remettre les pieds chez moi. Remportez d'abord, s'il vous
plaît, cet écrin que l'on a glissé parmi les miens.

Elle lui tend l'écrin ouvert.

CAPDEVILA.

Madame !... Pour qui me prenez-vous ? Je ne connais pas ces pierreries, et je ne saurais, d'une femme, recevoir un don, aussi magnifique d'ailleurs.

RENÉ.

N'est-ce pas ? C'est la rançon d'un roi.

CAPDEVILA.

Elle ne vaut pas un seul regard de la reine que voici. N'est-ce pas votre avis, mon cher commandant ?

RENÉ.

Je vous défends de m'appeler votre cher quoi que ce soit, — car je ne me rappelle pas, monsieur, que nous ayons gardé les troupeaux ensemble dans l'ancien ou le Nouveau-Monde...

CAPDEVILA.

C'est une insulte !

RENÉ.

On n'insulte pas un homme comme vous, on le remet à sa place.

CAPDEVILA.

Très bien ! Cette place sera demain, s'il vous plaît, à vingt pas de la vôtre. — Un accident, au besoin certifié par les médecins, m'empêche, pour l'instant, de me servir d'une épée... au pistolet, donc ; mais il faut que l'un de nous tombe.

RENÉ.

Fi donc ! Vous ne savez pas non plus que l'on ne traite pas pareille matière devant une femme ? Vous avez dû, pour un Castillan, devenir orphelin ou voyager de bien bonne heure ? Puisque l'inconvenance est commise, voici ma carte. La vôtre? (Ils échangent leurs cartes. René à la comtesse.) Adieu, madame! Quoi qu'il arrive, je n'ai désormais rien à démêler avec vous.

Il salue et sort, tandis que la comtesse est restée immobile et les yeux fixes.

SCÈNE VI

CAPDEVILA, LA COMTESSE.

LA COMTESSE, se redressant, transfigurée par la colère.

A nous deux, maintenant! Vous ne vous battrez pas avec lui...

CAPDEVILA.

Pourquoi donc?

LA COMTESSE.

Parce que ce n'est pas votre carte que vous avez remise à M. d'Éryl. Vous n'avez pas plus le droit de vous qualifier de marquis de Capdevila...

CAPDEVILA.

Que vous, de vous parer du nom de comtesse de Medilla? Oh! pardon, bien davantage.

LA COMTESSE.

Vous êtes donc au courant? Je vous croyais chassé depuis plus longtemps de la maison de Medilla... où vous étiez l'intendant...

CAPDEVILA.

De l'oncle — et vous la maîtresse du neveu. — Seulement, c'est la maîtresse que l'on avait « chassée », tandis que l'intendant était « éloigné »... C'est une nuance.

LA COMTESSE.

Nous n'avons plus rien à nous apprendre, pensez-vous ?
Allons, asseyez-vous là, Perico, et écrivez !

CAPDEVILA.

Quoi donc, Helen ?

LA COMTESSE.

Une lettre d'excuses à M. d'Éryl !

CAPDEVILA.

Vous l'aimez quand même ? Cela ne vous empêchera pas
de devenir ma femme, chère enfant. Vous oublierez votre
héros dès que je l'aurai supprimé... Je suis, au pistolet, à
peu près sûr de mon fait ! Nous ferons ensuite à nous deux
merveille dans cet aimable Paris où, comme on n'a pas
manqué de vous l'apprendre, j'ai déjà le bras fort long.
Moi, très riche, très puissant — vous, très riche, très belle
et très charmante. — Liberté pour chacun dans l'intimité,
grande position commune dans le monde... Vous êtes trop
fine pour douter qu'avant de quitter la Havane, je n'aie
réuni tous les témoignages propres à vous faire perdre d'un
coup, si je le désire, votre situation et vos ressources.

LA COMTESSE.

Et pourtant, vous allez écrire... Perico, vous vous imaginez être un colosse inébranlable... Vous avez des pieds
d'argile, mon cher ! Demain, si vous n'avez pas, dès ce
soir, quitté Paris, vous serez abattu, et jeté où l'on met
vos pareils.

CAPDEVILA.

C'est votre tête, à vous, qui ne me paraît pas solide.

LA COMTESSE.

Écoute-moi bien, Perico. Tu as été condamné pour faux à
San-Francisco : tu t'appelais alors Ramiro Gomez. — A

Melbourne, tu as été pendu en effigie pour effraction et assassinat, sous le nom de Guzman Quintos — à Hambourg...

CAPDEVILA.

Autant d'indignes mensonges ! je n'ai pas de temps à perdre en explications et je ne me soucie pas, en ce moment, de pareils scandales, dans lesquels, sois en sûre, je saurais aussi te faire une bonne part. — Tu nous compromettrais tous les deux...

LA COMTESSE.

Comme tu le disais, j'aime M. d'Éryl... Écris, ou dans une heure, des ennemis à toi, que je préviendrai, courront avec ivresse chez le Procureur de la République...

CAPDEVILA.

Quelle absurdité ! Tu n'es qu'une malheureuse !

Il avance sur elle menaçant. Elle se jette vers le bouton électrique.

LA COMTESSE.

A moi, une créole de la Nouvelle-Orléans, vous voulez me faire peur ?... Un pas de plus...

CAPDEVILA.

Soit, j'écris... Dictez.

Il s'assied et écrit.

LA COMTESSE, dictant.

« Monsieur, je retire ma provocation et vous prie de recevoir toutes mes excuses. J'ajoute, en *honnête* homme, que je reconnais avoir été la dupe d'une subalterne...

CAPDEVILA.

Je ne mettrai pas cela, je ne dois pas de telles explications à M. d'Éryl.

Il jette la plume.

LA COMTESSE ramasse la plume tranquillement et la lui rejette.

Que de délicatesse! C'est l'expression d'honnête homme qui vous gêne? Dites-moi si c'est Ramiro Gomez ou Guzman Quintos qui se fâche?

CAPDEVILA.

Vous abusez par trop...

LA COMTESSE.

Et vous, vous me redevez davantage, car vous me coûtez très cher... Écrivez! Écrivez vite!

CAPDEVILA.

Soit, continuons.

LA COMTESSE, recommençant à dicter.

» La personne que je ne nommerai pas, était absolument ignorante de toute cette affaire de bijoux, repris d'ailleurs par moi — ainsi que de mes visites à son hôtel. — Je ne l'avais rencontrée que tout à l'heure, en votre présence... » Signez.

CAPDEVILA, se levant.

C'est fait. Quand nous nous retrouverons, tête haute, cette fois, — car, avec quelques millions, on vient à bout des pires calomnies, — nous ne nous connaîtrons plus.

LA COMTESSE, après avoir lu le papier, lui tendant l'écrin.

Bien volontiers... Prenez! Bon voyage!

CAPDEVILA, après avoir pris les bijoux, à part, avec rage.

Par le sang de la Madone! je me vengerai!

Il sort.

SCÈNE VII

LA COMTESSE, LUCRECIA.

La comtesse sonne. — Entre Lucrecia.

LA COMTESSE.

Ma bonne Lucrecia, va chercher miss Merton.

Elle respire des sels et reste hagarde dans son fauteuil.

SCÈNE VIII

LA COMTESSE, MISS MERTON.

LA COMTESSE.

Vous êtes une misérable, Flora! Je vais vous renvoyer comme une servante.

MISS MERTON.

De cette maison? que vous me devez comme tout ce que vous avez?... Vous vous doutez de quelques petites choses déjà, des ruses à l'aide desquelles on profite de l'ivrognerie des gens... Mais si vous saviez réellement ce que j'ai commis et risqué pour vous...

LA COMTESSE.

Eh ! dites-les donc enfin, vos histoires si terribles, ou je croirais que vous mentez pour vous faire valoir. Je ne

demande qu'à m'édifier, moi, quand ce ne serait que pour
en finir avec ces incertitudes et n'avoir plus à subir des
gens comme ceux qui sortent d'ici.

MISS MERTON.

Nous aurions trop de comptes à régler. Il aurait fallu,
ma petite, ne pas commencer par franchir le seuil de ma
porte, à la Havane, et ne pas rester, surtout, en acceptant
peu à peu la vie facile et les plaisirs qui ne vous coûtaient
guère. Et puis, vous imaginez-vous qu'une fortune de
trente millions vous arrive ainsi du ciel, en même temps que
des alouettes toutes rôties? Et que moi, comme une enfant,
je me sois dessaisie des armes que je possède? Si je partais
de chez vous, ce serait bientôt après à vous, ma belle Cen-
drillon, à dégringoler les marches de votre palais, aux huées
de vos valets, aux rires de vos courtisans. Rien ne m'en
fera conter davantage, au reste!... (D'un ton insinuant.) Voyons!
au lieu de me pousser à bout, maladroite, continuez donc
à vous fier à moi qui vous aime et veille sur vous comme
un chien fidèle, qui me réserve tous les tracas et les soucis...
Voilà l'orage qui va gronder, grâce à vos superbes dédains.
Enfin, je vous ai fait prendre bien des mesures de précaution, et le monde est vaste... Quant à d'Éryl, où vouliez-vous
donc en venir avec lui? Tôt ou tard il aurait appris...
C'était un enfer qui se préparait, pour l'un comme pour
l'autre.

LA COMTESSE, désespérée.

Tôt ou tard... elle a raison... Le premier était indigne de
moi... Le dernier, je suis indigne de lui... Ainsi va la
vie! (Après un long silence, passant son mouchoir sur ses yeux et se
redressant.) Écris pour moi, puisque tu en a pris l'habitude,
paraît-il. Préviens Samuel et Jacquet, M. et madame de
Bocarel, miss Simery, le petit Mac Dowell, tout le monde.
Nous dînerons ce soir aux Ambassadeurs. Demain, c'est

jour d'Opéra... J'y pense... que l'on renouvelle les pompons
de mes poneys et que l'on ait la couverture et le fouet que
j'ai commandés, pour demain matin... Passe chez le coutu-
rier afin de le hâter, je veux être éblouissante !... Advienne
ensuite que pourra.

Elle se trouve mal.

———

ACTE QUATRIÈME

Le boudoir de la comtesse de Medilla, comme au tableau précédent,

SCÈNE PREMIÈRE

MISS MERTON, rentrant du dehors, UN CLERC DE NOTAIRE
sortant de la chambre de la comtesse avec un portefeuille sous le bras.

MISS MERTON.

Ma cousine vous avait donc appelé, monsieur?

LE CLERC, saluant.

Oui, mademoiselle !

MISS MERTON.

Il s'agissait d'affaires graves?

LE CLERC.

Permettez... je regrette... (Saluant de nouveau.) Mademoiselle !

Il sort.

SCÈNE II

MISS MERTON, seule.

Que veut-elle faire ? (Méditant.) Je n'aurais, moi, qu'à souf-
fler sur ses volontés, dernières ou non, pour les dissiper...

Ce serait fâcheux ! Une découverte peut en amener d'autres. Faudra-t-il encore hâter les choses ?

SCÈNE III

MISS MERTON, LE DOCTEUR, entrant et saluant.

MISS MERTON.

Docteur, ne me cachez rien ! J'ai beaucoup de fermeté.

LE DOCTEUR.

Ce n'est pas la fermeté qui paraît manquer à votre dévouement, miss Merton, mais l'espoir et la patience, deux très bonnes choses auprès des malades.

MISS MERTON.

Enfin, vous croyez ma cousine en danger ?

LE DOCTEUR.

En danger ?... Un peu plus que nous peut-être, puisqu'il est convenu que nous sommes presque tous mortels. — Que vous dire de certain, sinon que l'abus fait de la morphine entre autres, a été fort imprudent avec cette constitution délicate et surmenée ? L'action peut, un beau jour, se faire sentir sur le cœur, sur le cerveau, sur la poitrine aussi.

MISS MERTON, vivement.

Vous voyez bien que tout est à craindre... Vous me désolez, docteur !

LE DOCTEUR.

Doucement ! ne me faites pas trop parler ! Avec les femmes détraquées, il y a toujours des points d'interrogation. Mon Dieu, très probablement sa vie se prolongerait,

mais à ce train-là toujours plus sujette à càution, et l'intelligence tendant à s'égarer ou à s'éteindre... (Après un silence.)
Il serait grand temps de recourir à des remèdes héroïques.

MISS MERTON.

Lesquels ?

LE DOCTEUR.

Diminuer progressivement, quoique sans retard, les doses
de morphine, garder la comtesse avec une sollicitude qui ne se
démente pas, — surtout écarter d'elle de violentes émotions !
Elle souffrira beaucoup... Cependant elle aura toute chance
d'en revenir. Il faut qu'elle nous seconde et demande elle-
même à se sauver de ce véritable suicide.

MISS MERTON, sèchement.

Ne comptez pas sur moi. La pauvre chère enfant ! Elle
ne m'écouterait pas, et je n'aurais jamais le courage d'aider
à la torturer ! Quant à la voir tomber de plus en plus dans
un état pitoyable, à la merci d'imprudentes suggestions et
de la ruine... Tenez, docteur, ce serait presque un bonheur
pour elle d'en finir tout d'un coup !

LE DOCTEUR, se redressant et dévisageant miss Merton.

Vous y allez rondement, par ma foi ! Dites-moi, qui lui
faisait les piqûres de morphine ? Vous ?

MISS MERTON, avec quelque embarras.

Moi... quelquefois... Lucrecia, sa femme de confiance...
elle-même.

LE DOCTEUR, à demi-voix.

Je crois que j'avais tort de parler de suicide et qu'aussi
bien je n'ai plus rien à faire dans cette maison !

SCÈNE IV

Les Mêmes, LA COMTESSE, LUCRECIA.

On soutient Madame de Medilla, tandis qu'elle vient de ses appartements. Une femme de chambre et Lucreciá la couchent sur une chaise-longue et étendent sur elle un riche couvre-pied. Lucrecia s'agenouille près d'elle.

LA COMTESSE, dirigeant ses yeux vers le docteur et l'appelant d'une voix faible.

Cher docteur, venez à mon secours. Je me sens toute malade aujourd'hui. Trouvez quelque chose qui me soulage une bonne fois.

LE DOCTEUR, lui prenant la main.

C'est à vous seule qu'appartient votre guérison. J'ai dit à miss Merton tout ce qu'il y avait à faire... Ayez de l'énergie, je reviendrai dans quelques jours.

LA COMTESSE.

Ne tardez pas trop, j'ai peur !

LE DOCTEUR.

N'ayez peur au monde que d'appeler sans cesse un bien-être perfide. — A bientôt ! (A miss Merton, à mi-voix, froidement.) Entendez-vous avec votre conscience, miss Merton.

Il salue et sort.

SCÈNE V

LA COMTESSE, MISS MERTON, LUCRECIA, un
Valet de Chambre, puis MONSIEUR ET MADAME
DE BOCAREL.

UN VALET DE CHAMBRE, entrant.

M. et madame de Bocarel insistent pour voir madame la
comtesse. Ils sont à l'antichambre.

LA COMTESSE, avec un geste las.

Faites entrer, puisqu'ils sont montés.

Le valet introduit M. et madame de Bocarel et se retire.

MADAME DE BOCAREL, à miss Merton venue à sa rencontre.

Comment va-t-elle, ma chère miss Merton !

MISS MERTON.

Très fatiguée.

MADAME DE BOCAREL.

Nous ne ferons qu'entrer et sortir. Mais nous méritons
bien que l'on fasse une exception en notre faveur. (A la
comtesse.) Chérie, laissez-moi vous embrasser ! Je vous assure
que vous n'avez pas une aussi mauvaise mine qu'on le dit.
C'est égal, il faut vous soigner sérieusement. A votre place,
je n'hésiterais pas à partir. Pas pour Nice, le climat est
irritant, vous verriez trop de monde. Arcachon vous con-
viendrait, ou Saint-Jean-de-Luz. Nous irons avec vous, je
vous aime tant, ma chère Luisita, que je serais affreusement
inquiète loin de vous.

LA COMTESSE.

Merci, nous en reparlerons. J'ai besoin de repos. Je ne veux pas vous déranger.

DE BOCAREL.

Nous déranger? Quand il s'agit de vous? Toutes les affaires doivent céder le pas à notre affection.

MADAME DE BOCAREL, soupirant.

Oh! d'ailleurs, les affaires... elles ne sont pas assez brillantes pour que mon mari eût à se vanter d'un sacrifice. Il n'a vraiment pas de chance depuis quelque temps. On jurerait que votre maladie lui porte malheur... Voyager avec vous à qui tout a réussi dans la vie lui rendra la veine.

DE BOCAREL.

Nous ne sommes pas comme les autres, nous ! Dès qu'on est en danger, nous accourons.

MADAME DE BOCAREL.

Nous aurions de la peine à ne pas vous prendre pour une proche parente, pour une sœur... N'est-ce pas que vous éprouvez un peu le même sentiment à notre égard ?

SCÈNE VI

LES MÊMES, MISS SIMERY.

MISS SIMERY.

Chère Luisita ! (Elle l'embrasse.) Il me semble qu'il y a des mois que je ne vous ai vue. J'ai été plus souffrante que vous, moi-même... Mais j'ai voulu me lever pour vous voir et m'installer près de vous tant que vous le permettrez.

DE BOCAREL, à part, à miss Merton.

Comment la laisse-t-on entrer? Ses bavardages vont épuiser la comtesse !

MISS MERTON, de même.

Elle a fait comme vous, elle a forcé la porte.

MISS SIMERY.

Je ne suis pas indiscrète? Quand j'ai su qu'il y avait déjà du monde...

MADAME DE BOCAREL, vivement.

Oh ! nous, ce n'est pas la même chose.

MISS SIMERY, aigrement.

Je n'apprécie pas la distinction, ma bonne madame.

LA COMTESSE.

Vous n'avez pas idée comme vos jalousies me touchent, mes chères amies ! Mais ne croyez-vous pas qu'elles soient trop vives auprès de moi, dans l'état de malaise où je suis ?

MISS SIMERY.

Ne craignez rien, je suis très douce. C'est la seule qualité qui me reste et je n'ai pas la prétention d'être gaie ni amusante. J'ai de si mauvais pressentiments. Si vous saviez ce que j'ai fait hier, vous me gronderiez. Imaginez-vous que j'ai mis ordre à mes petites affaires et pensé à ceux que j'aime. Voilà bien une inspiration de pauvresse comme moi. Mais tout est dans l'intention. Grand ou petit, un souvenir touche toujours. Hélas, à ces moments-là, l'on trouve si peu de gens à qui tenir vraiment !

DE BOCAREL.

Jolie conversation pour une malade !

MISS SIMERY, aigrement encore.

Je ne suis pas une folle. La comtesse ne peut avoir aucune idée. Je dois vous trouver tout à fait bien, my dear,
pour oser vous parler de tout cela. Vous viendrez passer
votre convalescence à Meudon, n'est-il pas vrai? Il y a déjà
des feuilles et des fleurs. Avec mes soins et le bon air,
nous ferons des miracles. Toutes deux, nous renaîtrons à
la vie !

MADAME DE BOCAREL.

C'est beaucoup trop près de Paris.

LA COMTESSE.

Ma chère Simery, j'irai, j'espère. En attendant, revenez
tous un de ces jours... et ne m'en veuillez pas aujourd'hui...
Je ne me sens pas de force...

MADAME DE BOCAREL.

Nous obéissons. Au revoir! Pensez à ce que je vous
ai dit.

MISS SIMERY, à part, à miss Merton.

Que ces gens sont ennuyeux ! Ils obsèdent la comtesse.
J'avais compté la trouver seule... J'essaierai demain de
bonne heure. (A la comtesse en l'embrassant.) Croyez que je m'in-
téresse profondément à vous. Je vous reverrai bientôt !

DE BOCAREL, baisant la main de la comtesse.

Dans peu, je vous donnerai le bras pour de grandes pro-
menades au bord de la mer. Soignez-la bien, miss Merton.

Ils sortent tous les trois en se faisant des cérémonies.

SCÈNE VII

LA COMTESSE, MISS MERTON, LUCRECIA.

LA COMTESSE.

Je souffre, aujourd'hui. (D'un air qu'elle veut rendre indifférent.)
A propos, toujours pas signe de vie de M. d'Éryl? Celui-là
est le seul qui ne se soit pas inscrit...

MISS MERTON.

Tiens-toi tranquille. Qu'as-tu donc à penser à ce monsieur
qui ne s'inquiète pas de toi? J'espère bien qu'un caprice ne
le poussera pas à te relancer jusqu'ici pour te faire des
scènes quand les émotions ne te valent rien.

La comtesse est retombée sur ses oreillers.

LUCRECIA, à demi-voix, à miss Merton.

Vous savez bien que M. d'Éryl s'occupe de madame... et
qu'il cherche très souvent de ses nouvelles... je l'ai vu, moi,
je lui ai dit de revenir et de monter.

MISS MERTON, furieuse.

De quoi t'es-tu mêlée? Je lui ferai défendre la porte. Je
ne veux pas qu'il entre... On m'obéira, je pense...

LUCRECIA.

Ils obéiront tous à maîtresse et à moi! Miss Flora est dé-
testée... Prenez garde, vous êtes trop méchante. Lucrecia
serait capable de tout!

MISS MERTON, élevant la voix malgré elle.

Odieuse créature! Je voudrais que tu n'en aies plus pour
longtemps à me braver!

LA COMTESSE, qui a prêté attention à l'altercation et se ranime.

Et moi, j'espère bien que si! (Très agitée, comme en délire.) C'est toi, Flora, qui es une odieuse créature! Toujours tu m'as été funeste et je te maudis! Ah! je ne suis pas ta dupe. Tu ne travaillais que pour toi, sans l'ombre de cœur ni de pitié. Tu m'as pervertie, tu m'as entraînée dans tout ce qui devait m'éreinter et me tuer! Tu m'as précipitée dans des excès de toutes sortes et de morphine entre autres, dont seule tu peux avoir le secret! Tu verras ce que je saurai faire et de toi et de notre luxe!

MISS MERTON.

Je t'excuse... Tu ne sais plus ce que tu dis!

LA COMTESSE, en proie de plus en plus à l'exaltation.

Malheureuse! Je ferai justice!

MISS MERTON, tranquillement.

Ce serait le moment de reprendre ta morphine. Je te laisse.

Elle sort. Lucrecia va fermer la porte du salon sur elle et pousse le verrou.

SCÈNE VIII

LA COMTESSE, LUCRECIA, puis RENÉ, un bouquet de roses à la main.

LUCRECIA, revenant à la comtesse.

Il doit être là, madame, j'ai donné l'ordre de le faire entrer par l'escalier du jardin.

LA COMTESSE.

Lucrecia! Qui t'a permis...? Je ne veux pas le voir!

LUCRECIA.

J'aime tant maîtresse et je sais bien ceux qui l'aiment.

UNE FEMME DE CHAMBRE, annonçant à demi-voix.

M. d'Éryl!

La femme de chambre se retire. Lucrecia va s'asseoir à la porte du salon.

LA COMTESSE, se soulevant subitement et cherchant des yeux M. d'Éryl, puis d'une voix affectant le mécontentement et la surprise.

Comment, c'est vous? Que faites-vous ici?

RENÉ.

Lucrecia m'a tout dit. Je vous en supplie, ne me traitez pas en ennemi.

LA COMTESSE, d'un air négligent.

C'est bizarre de nous retrouver ensemble (Prenant le bouquet.) Tiens, des roses comme dans le bon temps! (Elle les respire et les jette.) Elles me font mal à présent... Vous tenez à constater par vous-même que je suis bien changée, bien vieillie, bien affreuse?

RENÉ.

Certes non, vous n'êtes pas tout cela... un peu pâlie, amaigrie, mais aussi belle, avec un plus grand charme qu'auparavant, car ce charme est plus touchant et plus doux.

LA COMTESSE, laissant percer malgré elle quelque joie.

Vraiment! (Ironique.) C'est sans doute à vous que je dois des remerciements pour cet heureux progrès? Et je vais croire tout de suite à ce que vous me dites? Alors, comment m'est-il revenu de tous côtés que vous parliez si mal de moi?

RENÉ, se relevant.

Ils ont menti, vos parasites! La vérité, c'est que j'imposais violemment, acerbement silence aux gens qui me parlaient de vous, parce que je souffrais de vous jusqu'à la mort.

LA COMTESSE.

C'était peut-être bien de ce côté-là que vous marchiez pour les autres! Regardez-moi sérieusement. N'ai-je pas souffert aussi, par quelque raison que ce soit? Qui voulais-je oublier, avec mon régime insensé?

RENÉ.

Qu'avez-vous fait, ma Luisita chérie?

LA COMTESSE, vivement.

Luisita! Ah! vous m'agacez! Je ne veux plus que l'on m'appelle ainsi... Ce n'est pas là le nom qui me plaît. Le vrai, celui qu'on me donnait, c'est Helen! Et j'aime à l'entendre encore. Que la pauvre Helen, jadis en son pays, si radieuse et si fière, revive un moment malgré tout! C'est à elle que ceux qui n'auront rien de mieux à faire devront penser, s'il m'arrivait malheur.

RENÉ.

Sous quelque nom que ce soit, je n'ai cessé, je ne cesserai de penser à toi... Et toujours en te chérissant davantage... et plus noblement. — Parbleu! Je ne suis pas devenu tout à coup un saint, ni même un héros de légende! En dépit de moi-même, si je t'avais revue souriante et forte, avec tes airs ensorcelants, j'aurais trop vite recherché la trace des anciens baisers, depuis tes brunes paupières jusqu'à tes pieds de marbre. Mais devant ta pauvre figure attristée, il ne me vient, grâce au ciel, que des sentiments d'ineffable dévouement. Je t'en prie, dis-moi que tu as foi dans ces sentiments-là!

Il se remet à genoux.

LA COMTESSE, riant nerveusement.

Oh la foi! comme c'est loin... De quoi serais-je sûre, sauf

de m'être démolie à cœur joie? Asseyez-vous près de moi.
Laissez-moi parler, en ce moment où je suis maîtresse de
moi, où la fièvre et les rêves ne s'emparent pas de ma tête
fatiguée comme ils le font souvent, pour me promener sur
des rivages fantastiques ou me jeter en des gouffres sinistres.
(Prenant un air quelque peu égaré et passant la main sur son front.) Les
rêves! Il en est un que je fais souvent... Je me revois toute
petite. On me mène sur une estrade auprès d'une grande
roue qui tourne lentement. Je retire de cette roue le numéro
de malheur qui doit me poursuivre toute la vie... Je veux
m'échapper, j'ai beau fuir, on court plus vite que moi. (D'un
ton plus doux.) Dans les derniers temps cependant, je voyais
quelqu'un accourir au-devant de mes pas pour me sauver...

RENÉ, la soutenant.

Ce n'est plus un rêve cela, c'est la réalité.

LA COMTESSE, revenant à elle.

Une réalité? Je serais donc près d'un être qui me pro-
tège?... Passe encore si c'était pour de bon, et pas à la
façon de ces douceurs que l'on croit devoir aux condamnés!

RENÉ.

Si tu savais quel chagrin poignant j'éprouve à t'entendre
dire de telles choses! Ne suis-je pas coupable, moi, de t'avoir
quittée durement, de t'avoir jugée si vite? Quels remords
pour moi!

LA COMTESSE.

Le mal était plus ancien que vous, mon ami! Je l'avoue,
j'ai fait ce que j'ai pu pour vous haïr... Y suis-je arrivée?...
— Enfin, quand les voiles sacrés, ceux qu'on répare si mal,
ont été déchirés entre nous, c'est moi qui vous ai fui. — Et
puis, de même qu'autrefois vous aviez vos raisons pour ne
pas me dire tout votre amour, j'avais les miennes ensuite
pour ne plus vouloir l'accepter. A certaine heure, je serai

redevenue faible, voilà tout, — et c'est ce qui m'étonne de ma part. — Il se peut que j'aie souhaité de vous revoir. — Puisque vous voilà, que pensez-vous de ma trahison, de cette vilaine histoire de Capdevila? Vous savez maintenant ce qu'il en est.

RENÉ.

Oh! cette Edith Merton! Que ne la chasses-tu comme le mauvais génie lui-même ?

LA COMTESSE, hésitant.

Elle m'avait sauvé la vie... Et enfin, si c'était mon secret? D'ailleurs... je ne sais plus, moi, j'ai le cerveau si faible... Je ne peux pas penser de suite à rien... (Luttant contre elle-même.) Eh bien, si ! que le souvenir me revienne avec les tourments de toutes sortes ! Alors, puisque vous y tenez ... je m'étais tue, parce que... si ce marché misérable était une calomnie, d'autres complications, dans le passé, me devaient éloigner de vous... (Raffermissant sa voix et se redressant.) Je n'étais pas méchante au fond, vous le savez bien... N'importe, ce fut un téméraire, un absurde vouloir que de m'essayer à retrouver les joies qui ne m'étaient plus permises! (Comme en songe, avec une voix altérée.) Vous rappelez-vous, lors de notre gentil voyage, ces malheureux petits papillons que nous vîmes en si grand nombre, un jour, sur le haut des falaises normandes ? Ils étaient à demi-morts dans un orage. — A peine auraient-ils pu voleter parmi les fleurs. — Au premier rayon de soleil, les imprudents imaginèrent d'ouvrir toutes grandes leurs ailes meurtries et de se faire emporter pleins d'illusions vers le large. Supposez que j'aie fait comme eux, que moi aussi j'aie eu la fantaisie de suivre votre barque, mon beau marin, jusque par delà les horizons... Frêle créature, à ce jeu-là, je suis tombée dans l'eau, comme

vous me le prédisiez au commencement. En ce temps-là
que m'importait? Aujourd'hui j'ai quelque chagrin d'être
tant en détresse...

RENÉ.

Chère enfant, tu n'avais qu'à te reposer doucement dans
les vallons, à mes côtés. Mon navire voguait loin de moi,
car j'avais, afin de ne pas te quitter, commencé par renon-
cer à la mer...

LA COMTESSE, se redressant plus forte et passant sa main sur son front.

Avais-tu fait cela? Pour moi! Il ne fallait pas. (Joignant les
mains.) Je n'en valais pas la peine... Que je suis honteuse et
charmée!... Quel cœur que le tien!... Ah! si je t'avais rencontré tout d'abord, tu ne m'aurais pas séduite, entraînée,
toi, pour me chasser presque aussitôt?

RENÉ.

Qui se serait ainsi conduit sans avoir de reproches à te
faire?

LA COMTESSE, retombant avec lassitude et parlant comme en l'air.

Quelqu'un m'a pourtant infligé ce supplice. Je voudrais
avoir le courage de tout conter, et me faire pardonner.
(Riant.) Est-ce bête à moi? Il me semble que mes aveux me
pareraient à nouveau de la robe blanche de mes seize ans,
alors que j'étais si loyale et si confiante au ciel comme à
la terre.

RENÉ.

Te voilà donc telle que je le désirais, ayant repris conscience de ton âme. Et moi, faut-il que je sois tellement
indigne de t'exhorter, autrement qu'au nom des vieilles
traditions qui ne quittent jamais tout à fait un matelot!
Comprends-tu maintenant, que nous n'ayons pas en vain,
au plus profond de nous, l'instinct d'un monde où l'on se
retrouve sans crainte et sans fin?

LA COMTESSE.

Quel doux pays ce serait là, si l'on avait le droit d'y entrer !

RENÉ.

En ce pays nous oublierions toutes les fautes commises ! ou plutôt je n'aurais rien su de toi, sinon que tu m'aimes du même cœur que moi. (Après un silence.) Voyons, pourquoi ne pas agir vaillamment et me laisser t'amener un de mes amis, l'abbé Dertal, mon ancien camarade de traversées, qui contribuerait à te rendre toute ta santé mieux que tes médecins, en te délivrant du fardeau qui t'oppresse, en te consolant, en te faisant croire?

LA COMTESSE.

J'aurais plus de peine à croire à la miséricorde, qu'à me résigner aux implacables lois de la fatalité qui me poursuit sans trêve !

RENÉ.

Est-ce ainsi que tu tiens compte de mon infinie tendresse?

LA COMTESSE.

Cette tendresse vient aussi trop tard... alors que j'en avais désespéré...

RENÉ.

Allons, pourtant, tu m'as là, près de toi. (Après un silence.) Si tu veux consentir à recevoir l'abbé Dertal, pourquoi ne nous aiderait-il pas à ne plus nous quitter, ici-bas comme ailleurs, saintement unis cette fois?

LA COMTESSE, saisie, puis se reprenant et haussant tristement les épaules.

Non, non, pas cela!... Quand je pense qu'autrefois c'est moi qui osais le lui proposer! Suis-je bien la même que cette audacieuse-là, qui s'estimait tout permis? On m'avait tant gâtée!

RENÉ.

A présent, c'est moi qui t'en supplie...

LA COMTESSE.

Il m'aime si bien! Et voilà quelle serait sa récompense?
Jamais! D'ailleurs son prêtre ne le permettrait pas.

RENÉ.

Celui-là n'aura qu'à t'absoudre — c'est à moi qu'appartient de compléter son œuvre. J'ai le droit de ne considérer
en mon Helen que les sentiments qu'elle m'a voués et don
je ne veux plus douter aujourd'hui.

LA COMTESSE, d'abord indécise, puis nerveusement.

Combien cela durerait-il?

RENÉ.

Autant que ma vie.

LA COMTESSE, se froissant les mains.

Ne me tente donc pas !

SCÈNE IX

LES MÊMES, MISS MERTON, eu dehors. On frappe violemment
à la porte. Lucrecia se lève.

MISS MERTON, du dehors.

Ouvrez vite! J'ai les choses les plus graves à vous apprendre.

LA COMTESSE.

Qu'est-ce donc?

MISS MERTON.

Ouvrez-moi!

RENÉ.

Je me retire... ce serait indiscret...

LA COMTESSE, désignant sa chambre.

Tiens-toi là, écoute, et sois prêt à venir dès que je t'appellerai. J'en ai comme un pressentiment, c'est la confession qui s'apprête, et nous n'aurons pas besoin de prêtre... va.

René pénètre dans la chambre de la comtesse.

LA COMTESSE, à Lucrecia.

Laisse-la entrer.

SCÈNE X

LA COMTESSE, LUCRECIA, MISS MERTON, entrant précipitamment. RENÉ à demi caché par le rideau de la chambre.

MISS MERTON.

Vous sentez-vous en état de vous mettre en route un de ces jours? Demain?

LA COMTESSE.

Qu'avez-vous inventé, maintenant? Vous venez d'un air effaré me proposer de fuir... à propos de quoi? Qui nous menace? Et cela, quand je suis tellement excédée... Est-ce un moyen de m'achever?

MISS MERTON.

Et pourquoi donc te ménager? Étais-tu si bonne à mon égard pour me récompenser de m'être sacrifiée à ton service? Je te l'avais bien dit... Il t'a plu de braver de plus puissants que toi... Naturellement ces gens se vengent.

LA COMTESSE, se relevant de tous ses efforts.

Qu'y a-t-il?

MISS MERTON.

Tu vas tout savoir... Il n'est bruit au Palais et dans Paris que de jugements rendus à la Havane et de démarches faites d'urgence auprès des tribunaux français contre les détenteurs de la fortune de don Gregorio de Medilla.

LA COMTESSE.

N'est-ce que cela?

MISS MERTON, d'une voix rude.

Bien d'autres choses encore! On veut que Flora Walgrave ait inspiré... l'assassinat de l'oncle, et consommé... celui du neveu. Ils ont trouvé des prétendus témoins, poussés par l'ancien intendant, — le Capdevila, (A mi-voix.) qui s'est trop pressé, le sot! (Haut.) Voilà ton œuvre, à toi!

LA COMTESSE.

Et voici donc les tiennes, enfin!

MISS MERTON.

Parbleu! n'es-tu pas ma complice? puisque tu as profité de tout! Allons, vite! les bijoux, les valeurs au porteur, et l'Orient-Express!

LA COMTESSE.

Non! Plus de cet argent volé, teint de sang! Je ne garderai rien!

SCÈNE XI

LES MÊMES, RENÉ, revenant en scène.

MISS MERTON.

Cet homme était là! Quelle trahison!

RENÉ.

Il ne peut y avoir de trahison quand il s'agit de moi. (Allant prendre la main de la comtesse.) Chère Helen! Vous avez besoin de moi bien plus encore que je ne le pensais, et me voici. Près de moi, loin de cette personne, vous serez en sûreté.

MISS MERTON.

Vraiment, monsieur d'Éryl, vous croyez? Je vous ménage à tous deux bien des surprises!

RENÉ, à la comtesse.

Je saurai, je l'espère, vous rendre heureuse en dépit de tout.

LA COMTESSE, se levant avec exaltation.

Heureuse! Ah! je devrais l'être, de voir que vous m'aimez assez follement pour vous sacrifier ainsi! (Après un silence.) Je ne serai pas en reste avec vous... Embrassez-moi bien, et partez! (Mouvement de René.) Taisez-vous! Ce n'est pas de vous que je doute, aujourd'hui du moins, mais de moi-même! Quelle serait la femme faite de manière à tenir ce que vous pouvez attendre de moi? Que deviendrious-

nous ensemble, demain, après-demain? Mon orgueil, où
le mettrais-je? Et je ne suis pas créole pour rien ! Il me
reste en vérité trop peu de chose pour vous l'offrir. Je con-
sentais à ce que la comtesse de Medilla, très entourée, très
riche, fût à vous n'importe comment et malgré tout. C'était
un rôle encore flatteur pour moi... Maintenant, pensez-vous
que je veuille accrocher à votre sort, une Helen Bristed,
flétrie dans sa légende dorée, comme bientôt sûrement dans
sa beauté, une triste aventurière, malmenée, raillée des
uns et des autres? (Riant nerveusement.) Si même cela vous
allait à vous, mon pauvre ami, pour ma part je n'aurais ni
ne donnerais une minute de joie! Ne voyez-vous pas que
je vous en voudrais mortellement de votre pitié même?
Séparons-nous... Vous ne m'aurez ni misérable, ni humiliée, ni laide, et Paris non plus, je vous le jure, ne reverra
pas de la sorte la fameuse comtesse de Medilla, qui saura finir
avec plus de *chic*, comme vous dites, et de mystère. Plus
tard, dans le cours de vos voyages, vous aurez à deviner
où pourrait bien vous apparaître mon ombre...

SCÈNE XII

LES MÊMES, QUILIEN.

LA COMTESSE.

Ah! venez à notre aide, vous! Emmenez René. Vous venez me le prendre, et moi, je vous le donne.

QUILIEN.

Je m'incline devant vous, madame, et je vous demande de me pardonner mon hostilité forcée... Toi, René, je vois qu'il est inutile de te rappeler ce que tu me disais un matin. L'heure est venue de rompre tes amarres... (Tirant une enveloppe dans sa poche et la lui donnant). Voici ton ordre d'embarquement... Pars ! Tu pourras rêver de loin à ta pauvre amie... et tu verras passer à l'abri bienfaisant du drapeau français tant de grandes vagues, qu'à la fin arriveront pour toi les vagues de l'oubli !

LA COMTESSE.

De l'oubli!... Vous êtes cruel, monsieur! Vous n'aviez pas besoin... (Poussant un cri de terreur.) Mon Dieu! quelles angoisses! Que se passe-t-il? Tout se transforme autour de moi... Des êtres mystérieux m'entourent et m'enlèvent

(Sursautant.) Je ne veux pas quitter la terre. René ! René !
(D'Éryl la prend dans ses bras. — Elle pousse un nouveau cri déchirant.)
Là ! au cœur... comme un coup de poignard !

Elle retombe ; puis, embrassant la main de René, elle meurt. Miss Merton recule
jusqu'au mur, comme pour fuir cette vue.

FIN

IMPRIMERIE CHAIX, RUE BERGÈRE, 20, PARIS. — 20860-10-94. — (Encre Lorilleux).